KB059261

박사상회 | 빈영출

박사상회 | 빈영출

1판 1쇄 인쇄 | 2009. 9. 14.
1판 1쇄 발행 | 2009. 9. 21.

지은이 | 이병주
엮은이 | 김윤식 · 김종회
펴낸곳 | 바이북스
펴낸이 | 윤옥초

ISBN 978-89-92467-31-5

신고번호 | 제313-2005-000148호
신고일자 | 2005. 7. 12.

서울특별시 마포구 서교동 395-166 서교빌딩 703호
편집 02)333-0812 마케팅 02)333-9077 팩시밀리 02)333-9960

값은 표지에 있습니다.

바이북스는 책을 사랑하는 여러분 곁에 있습니다.
독자들이 반기는 벗 - 바이북스

이병주 소설

박사상회|빈영출

김윤식·김종회 엮음

바이북스
ByBooks

차례

박사상회

일러두기

1. 이 작품은 1983년 9월 월간《현대문학》에 실린 단편소설이다.
2. 연재 당시의 내용을 그대로 살리되, 편집상의 오류를 바로잡고 기본 맞춤법은
   오늘에 맞게 수정했다.

이름이 좋아 불로초가 있듯이 이름이 좋아 불로동不老洞이다. 하기야 빈민들만 사는데 부민동富民洞, 복숭아나무 한 그루 없는데도 도화동桃花洞이란 이름이 있고 보면, 동명을 두고 의미를 따질 건 없지만, 무슨 까닭으로 하필이면 이곳에 불로동이란 이름이 붙었는지 궁금하지 않을 바는 아니다.

이곳에 사는 사람들이 늙지 않는다는 뜻은 아닐 테니까 늙기 전에 죽어 없어진다는 뜻인가 하면, 매일처럼 하 노인 복덕방에 모여드는 노인만 해도 초로, 중로를 섞어 5, 6명이 되니 그것도 이치에 닿지 않는다.

15년 전, 이 불로동이 서울시에 편입되었을 때만 해도 형편이 없었다. 포장이 되지 않은 길이 널따랗게 마을을 관통하고 있는데 맑은 날엔 지나가는 버스와 트럭이 일으키는 먼지 때문에 줄곧 눈을 감았다 떴다 해야 했고, 비라도 오는 날이면 뻘탕밭이 돼서 촌보를 옮겨 놓기가 힘들었다.

길가의 집들이란 온전히 서 있는 것이 없고 서로가 서로의 어깨에 기대 그야말로 상부상조하고 있는 몰골이었다. 그런 집들 가운데에서도 볼품을 그냥 지니고 있는 것은 해방 전 일본인이 살았다는 네거리 잡화점뿐이었다.

그 집에 살고 있는 이들은 안 노인 부부였다. 아들이 점원 노릇을 한 덕택으로 일본인이 간 뒤 그 집에 눌러 살게 된 것인데, 그 아들은 6·25동란 때 행방불명이 되었다. 안 노인 부부는 그 아들이 돌아오길 기다리며 옹색하게 잡화점을 꾸려 나가고 있는 터였다.

그러나 그 집도 퇴락일로에 있었다. 손을 보지 않은 탓으로 기왓장 사이에 잡초가 자라 가을철에 들면 지붕이 풀밭처럼 되었다.

조진개가 불로동에 나타난 것은 잡화점 지붕의 풀이 가을바람에 스쳐 노인의 헝클어진 백두白頭처럼 되어 있을 무렵이다.

그는 석양을 등에 지고 불로동에선 유일한 복덕방인 하 노인의 가게에 들어섰다. 키는 겨우 150센티미터가 될까 말까 한 땅딸보, 얼굴빛은 해를 등진 탓도 있었겠지만 아프리카인만큼이나 검었고, 눈은 족제비를 닮아 가느다랗고 길게 째어져 있었다. 국방색 점퍼에 검은 바지, 등산모 같은 것을 쓰고 있었는데 최소한도의 재료로써 못난 사내를 만들어 보았다는 표본 같은 인상이었다. 나이는 30세에 두세 살 모자랐을까 말까.

그는 등산모를 벗더니,

"구둣방을 하고 싶은데요."

하고 누구에게라고도 할 수 없이 그 가느다란 눈으로 가게 안을 둘러보았다.

"내가 주인이오. 하준칠이라고 하오."

하 노인이 자기 존재를 분명하게 했다.

"저는 조진개라고 합니다. 이곳에서 구둣방, 아니 구둣가게를 할까 해서 왔는뎁쇼. 그래서 영감님의 도움을 청할까 해서요."

그때 나는 하 노인의 바둑 상대를 하고 있었는데 '조진개'란 말이 '조진깨'로 들려 내심으로 피식 웃었다. 워낙이 천생賤生이라서 그런지 나는 근사한 말만 들으면 황당한 연상을 하는 버릇을 가졌다. 천하에 돌자갈처럼 많은 이름을 두고 하필이면 '조진깨'가 뭣고.

상상력이 없는데다 점잖기만 한 하 노인이 그런 연상을 할 까닭이 없다.

"조진개 씨라, 구둣방을 하고 싶다구요?"

하고 집었던 바둑을 통 속에 넣었다.

결정적으로 이기고 있는 판인데 거게서 중단하면 내 손해가 이만저만이 아니라서 마저 두고 일을 보라고 떼를 쓸 판이었지만 남의 업무를 방해할 순 없다. 잠자코 두 사람의 응수를 들었다.

"가게를 월세로 빌렸으면 하는데요."

"전세가 아니구?"

"돈이 모자라서요. 월세를 꼬박꼬박 내면 될 게 아닙니까?"

"구둣방이면 구두 수리를 하겠단 말인가?"

"아닙니다. 새 구두를 파는 겁니다."

"우리 불로동엔 구둣가게가 없으니까 좋긴 하지만 월세로 빌릴 수 있는 가게가 있을까 몰라.”

　이렇게 오가는 소리를 들으며 나는 조진개의 관상을 슬금슬금 보았다. 어느 한 군데 복이 붙은 곳이라곤 없다. 그러니까 이런 빈민굴에 기어들어오려는 것이지. 사람은 팔자에 맞추어 살 곳을 찾는 법이니까. 이런 데 와서 구둣가게를 해서 무슨 생색이 있을 건고.

　이름은 불로동이라 제법 같지만 우리 동네는 완전 빈민굴이랄 수는 없어도 준빈민굴이었다. 거지 노릇을 하거나, 끼니를 놓거나 하는 사람이 없다 뿐이지 겨우겨우 먹고사는 빈민들만 모인 곳이다. 막바로 말해 탈출할 곳이지 기어들어올 곳은 못 된다. 꼴값하느라고 넌 이런 곳에 기어들었구나. 그런데 이런 거리에서 가게를 얻을 작정을 하고서도 월세 즉 사글세로 해야만 한다니, 쯧쯧.

　이런 생각을 하고 있는데,

　“그럼, 하여간 나가서 찾아보기나 합시다.”

하고 하 노인이 일어서려고 했다.

　그러자 조진개는,

　“아닙니다, 아닙니다.”

하고 하 노인을 도로 앉혔다.

"찾아 나설 필요 없습니다. 내가 한 군데 봐 둔 곳이 있습니다."

"봐 둔 게 있다? 어딘데요, 그게."

"저 네거리 우체통이 서 있는 바로 옆에 있는 집, 지붕에 풀이 앙상하게 자라 있는 집 말입니다."

조진개는 안 노인의 집을 가리키고 있는 것이다.

"그건 안 될 거요. 노부부가 그 가게로 먹고사는 판인데 가게를 빌려 주겠소. 지붕에 풀이 나 있다고 해서 그 집을 호락호락 봐선 안 되우."

하 노인이 난색을 표했다.

"호락호락하지 않다는 것은 저도 알고 있습니다."

"어떻게 아시우?"

"제가 여기 들르기 전에 그 집엘 가 보았거든요. 노인은 내 말을 들으려고도 안 합니다. 그런데 건너편 우동집에서 우동을 먹으며 주인더러 말했더니 터줏대감인 하 영감님이 들면 될 수 있을지 모른다고 하던데요."

"안 될 걸 붙들고 씨름을 해 봤자 소용없는 일이니 다른 델

14

찾아봅시다. 그럴 만한 곳이 두세 군데 있으니끼니."

"안 되는 걸 어떻게, 영감님의 힘으로⋯⋯."

조진개의 말이 애원하는 투로 되었다.

"그 노인의 고집은 대단하우. 언젠가 시가의 세 배를 주고 그 집을 사겠다는 사람이 나왔는데도 어림이 없었으니까. 그러니 그 집은 단념하는 게 좋을 거요. 구둣방 할 만한 집이 어디 그 집뿐이겠소!"

"난 그 집 외엔 생각이 없습니다. 난 그다지 넓은 장소를 필요로 하지 않으니까요. 다섯 평이 안 되면 세 평이라도 좋습니다. 잡화상은 그대로 하고 그 옆 빈자리를 빌릴 수 있으면 됩니다. 보아하니 가게 전체가 15평쯤 되던데 팔리지도 않는 물건 너절하게 늘어놓을 것 뭐 있습니까. 그리고 한쪽에 구둣방을 하고 있으면 그 덕에 물건을 많이 팔 수도 있잖겠습니까. 여섯 달치 월세를 미리 드릴 테니까요. 영감님께 구전은 톡톡히 드리겠습니다."

막상 불가능한 일은 아니란 심산이 섰던지 하 노인은 덤덤히 말했다.

"한번 말이나 해 보지."

월세를 얼마로 정했는지, 하 노인이 구전을 얼마 먹었는지 그것까진 모른다. 일주일쯤 후에 보니까, 15평 남짓한 그 가게의 5평쯤 공간을 조진개가 차지하고 있었다.

도로를 향해 ㄷ형으로 진열장을 시설하고 양편엔 주로 검은 빛깔인 남자용 구두를 진열하고, 도로 정면으로 향한 부분엔 별난 모양을 한 여자용 하이힐이 진열되어 있었다. 조진개는 그 땅딸보 키에 뒷짐을 지고 가게 앞을 왔다 갔다 하고 있었다.

며칠 후 근사한 간판이 그 집 양쪽 처마 사이를 꽉 채운 크기로 걸렸는데, 일러 '박사상회'라고 했다. 가로로 된 그 간판을 사이에 두고 양켠에 세로로 '박사양화'라고 써 붙였다.

우선 그 '박사'라는 글자가 사람들의 주목을 끌었다.

"그럼, 조진개가 박사란 말인가?"

"설마 그럴 리야."

"그러지 않고서야 어찌 박사상회라고 할 수 있는가?"

"박사 가운데 가짜 박사도 있잖은가."

중구난방으로 하 노인 복덕방에 모인 사람들도 한마디씩 했던 것이지만, 이 거리에 간판이래야 '쌀집'·'푸줏간'·'방앗간'·

'탁주직매소' · '이발소' · '식당' 등 판자 쪼가리에 조잡한 글씨로 아무렇게나 써 붙인 것이었고, 집들 또한 보잘것없는 몰골이며, 길은 갠 날엔 먼지가 풀신하고, 비라도 올라치면 진탕 뻘밭이 되어 버리는 쇠잔한 거리에, '박사상회'란 글자로 여려麗麗한 큼직하고 본격적인 간판이 나붙었으니, 그 자체 하이칼라한 문명의 냄새를 풍겼고, 따라서 거리의 위신이 높아진 것 같았다. 어느덧 '박사상회'의 간판은 동네의 명소가 되었고 길을 가르칠 적의 요긴한 표적이 되었다.

조진개의 상술 또한 교묘했다.

— 박사구두 일등신사

— 문화인의 상징은 박사구두

— 사랑을 하려면 먼저 박사구두를 신고

— 체면은 구두로부터

— 명동 구둣값의 3분의 1

— 명동 구두보다 3배나 좋은 박사구두

— 박사구두 신는 사람 우리나라 좋은 나라

— 절약과 호사의 일치, 박사구두

— 박사구두 한 켤레 행운의 시작

자기의 가게 앞은 물론 근처의 전신주, 담벼락 등에 이렇게 다닥다닥 써 붙여 놓으니 길 가는 사람은 싫어도 그 표어를 보지 않을 수 없게 되었다. 국민학교 아이들은 '박사구두 신는 사람, 우리나라 좋은 나라'라고 노래를 부르게시리 되었다.

사실 구둣값이 싸기도 했다. 명동에선 최저 5, 6만 원 주어야 살 수 있는 구두를 1만 원, 2만 원으로 살 수 있었다. 질은 신어 보아야 알 일인데 우선 외양은 별반 다를 바 없을 뿐 아니라, 변두리의 풍경 속에선 더욱 화려하게 보였다.

문전성시라고까진 할 수 없었으나 박사상회 앞은 언제나 붐볐다. 아무리 빈민굴의 주민이기로서니 문화인이 되고 싶은 소망이 없을 까닭이 없다. 불로동에서 박사구두는 문화의 상징처럼 되어 가고 있었던 것이다. 뿐 아니라 새 구두 사 신고 으쓱해 보고 싶은 허영은 누구에게나 있게 마련이다.

그런 허영에 빙자해서 조진개는 구두계를 만들도록 책동을 했다. 열 사람이 한 조가 되어 매월 2천 원씩 내고 있으면 가장 늦은 사람으로서 9개월 만에 새 구두를 신을 수 있게 되는데 조진개는 방울을 돌려 당첨자를 결정하는 추첨기까지 준비해 놓고 거리의 활기를 돋우었다.

하 노인 복덕방에 나타나는 사람 가운데도 박사구두를 신은 사람의 수가 불어 갔다.

"허어, 자네도 신사가 되었구랴."

"허어, 자네도 문화인이 되었구랴."

하고 빈정대는 말이 있기도 했지만 그것은 선망과 질투의 감정이었지 악의와 비방은 아니었다.

박사상회의 선전 문구는 수시로 바뀌었다.

— 신성일이 신는 구두 있음

— 이미자 신는 하이힐 있음

물론 이건 신성일과 이미자의 인기가 절정에 있었을 때의 것인데 어느 날 나는,

— 이승만 대통령이 즐겨 신은 형의 구두 있음

— 영국 수상 처칠이 즐겨 신은 형의 구두 있음

이란 광고를 보고 새삼스럽게 혀를 내둘렀다. 조진개는 구두를 팔아먹기 위해선 죽은 대통령, 죽은 영국 수상까지도 무덤에서 일으켜 세워 부려 먹는 것이기 때문이다.

겨울에 들어선 어느 날의 밤이다. 나는 늦게까지 복덕방에

서 놀다가 집으로 돌아가는 참이었는데 박사상회에 불이 아직 껏 켜져 있는 것을 보고 유리창 문을 열고 들어섰다. 드디어 절 節을 굽혀 박사구두를 살 작정이었다. 내일 도심의 예식장에 친 척집 조카딸의 결혼식이 있는데 창이 미친개 헛바닥처럼 벌름 거리는 구두를 신고 갈 수 없었기 때문이라기보다 내기 바둑에 딴 돈을 합쳐 2만 원가량의 돈이 호주머니에 있었기 때문이다.

그런데 가게 안엔 뜻밖에도 술판이 벌어져 있었다. 잡화점 노인 부부와 조진개가 연탄난로 위에 뭔가를 끓여 놓고 소주 를 마시고 있었다.

잡화점 노인이 술 마시는 걸 본 것은 처음이어서 놀라 내가 물었다.

"노인, 술을 자십니까?"

"소싯적엔 많이 마셨지. 그러나 술 마실 형편이 못 되어 끊었 는데 요즘은 조 씨 덕택으로 가끔 마시오."

주름진 노인의 얼굴에 흡족한 웃음이 있었다. 보아하니 할머 니의 얼굴에도 주기가 있었다.

내 발에 맞는 구두를 이것저것 고르고 있으면서 조진개가 한마디했다.

"술은 백약의 장이라고 하잖았습니까?"

그런데 조진개 자신은 그 백약의 장을 마시지 않았던 모양으로 그의 입김에 술내음이란 없었다.

아무튼 그땐 벌써 구두쇠란 소문이 나 있는 조진개가 외롭게 사는 노부부에게 술 대접을 한다는 것은 기특한 일이라고 생각하지 않을 수 없었다.

박사상회가 그 가게의 반을 차지하게 된 것은 그해를 넘기기 직전의 일이다. 그와 전후하여 노부부의 잡화점은 흐지부지한 상태가 되었다. 과자 부스러기를 담은 함이 텅텅 비었는데도 사입할 생각을 안 했다. 남은 상품에 먼지가 부옇게 앉아도 먼지를 털 생각을 안 하는 것 같았다. 껌만은 여전히 팔았는데 경쟁하는 회사들이 다투어 배달해 주었기 때문이란 사정은 그 후에 얻어들은 지식이다. 그런데 그 껌을 파는 것은 조진개의 역할이었다.

듣는 바에 의하면 노인 부부는 아침부터 저녁까지 술에 취해 비실비실하고 있다는 얘기였다. 그러한 노부부를 모시는 조진개의 정성이 웬만한 효자 뺨칠 정도라는 소문이 돌게 된 것도 그 무렵의 일이다.

원래 그는 그 집 방 한 간을 빌려 자취를 하고 있었던 것인데 어느 사이 노부부의 식사는 물론 빨래까지 그가 도맡아 하게 되었다는 것이니 일종의 미담이 아닐 수 없었다.

"그 땅딸보 대단한 사람이여."

"꼴만 보고 사람을 판단할 건 아니란께."

"그건 그렇고 그 많은 구두를 어디서 가지고 오는 걸까."

"땅딸보가 딴 데 공장을 차리고 있는 건 아닐 테구."

"꼭 밤중 가까이 돼서 딸딸이로 싣고 오는 모양이더마."

"불로동에서 양화점이 성업일 줄이야 누가 알았겠나."

"시내에서 구두 사러 젊은 아가씨들이 이곳까지 온다지 않아."

"여하간 땅딸보, 보통으로 볼 사람이 아녀."

"제 부모도 보기 싫다는 세상인데 어떻게 노인 부부에 대한 성의가 그럴 수가 있담."

이처럼 조진개는 복덕방에 있어서의 심심찮은 화제가 되기도 했다.

해가 바뀌어 봄이 왔다. 봄이 왔는데도 제비가 불로동에 돌아오질 않았다.

"불로동이 서울시로 편입됐다는 걸 제비가 알아차린 모양이구랴."

복덕방에서 누군가가 한 소리였다.

"서울이라서 제비가 안 오는가?"

다른 누군가가 받았다.

"제비는 도시를 좋아하지 않거든."

"천만에, 언젠가 창경원에 갔더니 제비만 많더라."

"창경원이 어디 서울인가."

"창경원이 서울이 아니면 뭣구."

사소한 문제를 갖고 목에 핏대를 세워 싸우기도 하는 곳이 복덕방이다. 그런 싸움이야 어떻건, 제비는 돌아오지 않아도 몇 그루 남아 있는 가로수 수양버들에 파릇파릇 움이 돋아났다.

그러한 어느 날 잡화상의 안 노인이 죽었다. 이어 한 달쯤 후에 할머니가 죽었다. 두 장례식에 충청도에서 살고 있다는 몇 사람의 친척이 참석하긴 했으나 상주 노릇을 한 것은 조진개였다.

그는

"아들을 보지 못하고 돌아가셨으니 얼마나 억울하셨을까, 좀 더 살다가 가실 것을……."

하고 슬피 울었다.

"두 분 다 살 만큼 살았는데 애통해할 것 뭐 있소."

누군가가 위로했을 때 조진개는,

"남의 속도 모르고 그 따위 허튼소리 말아요."

하고 버럭 화를 냈다고 한다.

노부부의 장례가 있은 지 며칠 후, 60세 안팎의 여자가 나타났다. 조진개의 어머니라고 했다. 어느 곳에 꽁꽁 숨어 있다가 노부부가 죽길 기다려 불쑥 나타난 그런 느낌이었다.

그리고 한 달쯤 지났을까.

가게의 반이 구두 진열장으로 되고 나머지 반이 백화점으로 되었다.

천장에 샹들리에를 달고 소형 만국기로 치장한 것을 비롯하여 갖가지 가전제품부터 그야말로 백화百貨가 가득 찬 광경은 백화요란百花搖亂한 위관偉觀이랄 수가 있었다.

따라서 선전문구도 화려해졌다.

'불로동의 파리, 박사백화점으로!'

라는 선전 벽보엔 '巴里'라는 한자가 토처럼 달려 있었는데 그 것은 곤충의 파리와 혼동될까 두려워한 까닭이었으리라. 조진 개의 계산은 이처럼 세밀한 것이다.

당연히 조진개는 복덕방의 화제에 빈번하게 올랐다.

"그러고 보니 저렇게 될 요량하고 간판을 큼직하게 미리 붙 여 둔 거로군."

"선견지명이 있다, 그건가?"

"땅딸보가 저 집을 산 걸까?"

"아들이 나타날 때까진 그 집을 팔지 않겠다던 노인이 아니 었던가?"

"거저 물려받았을 리는 만무하고."

"무슨 흑막이 있었던 게 아닐까?"

얘기가 점점 위험 수위에까지 오르려고 하면 하 노인이 으레,

"어쨌든 조진개의 명의로 이전 등기까지 되어 있으니 그만 아닌가."

하고 이런저런 추측의 발동을 막아 버리곤 했다.

그러나 이런 소리도 여름이 가고 가을에 들어섰을 땐 흔적 없이 사라지고 박사상회는 여전히 성업을 거듭하여 번창일로

에 있었다.

땅딸보란 별명이 없어지고 그 대신 '면장'이란 별호가 등장했다. 창안자는 윤 노인이었다. 긴[長] 것을 면했다는 뜻, 즉 '免長'이다. 창안자 윤 노인의 말에 의하면, 불로동에 활기를 몰고 온 사람이 바로 조진개인데, 공로자일 수도 있는 그런 사람을 '땅딸보'라고 부르는 것은 불로동민으로서의 예의가 아니라는 것이다.

아니나 다를까, 박사상회의 간판을 달고 난 이래 이 거리에도 서서히 변화가 생겼다. 우선 재래식 미봉적인 간판이 현대식 간판으로 바뀌고, 그만큼 거리가 사람 사는 곳다운 체모를 갖추게 되었다. 특히 두드러진 변화는 신발에 있었다. 신발이 바뀌고 가게들의 간판이 바뀌면 거리는 일신된 면목을 갖게 마련이다.

조진개의 어머니는 틈만 있으면 이웃을 돌아다니며 아들 자랑을 늘어놓았다.

"우리 아들 고집은 누구도 못 꺾는다우. 중학교 안 보내 주면 죽을 끼라고 감나무에 목을 당그래 매지 않았겠수. 즈그 아

부지가 남의 집 머슴을 살면서도 그 애를 중학교에 보냈다니께
유……."

"군에 가서 돈 벌어 온 사람은 우리 아들밖엔 없을 거라유.
같이 간 친구는 구두공장 직공밖에 못 하는데 우리 아들은 의
젓한 상점 주인이 되지 안 했는가유……."

그 어머니의 아들 자랑 덕택으로 조진개의 경력과 구둣가게
를 하게 된 연유를 아슴푸레하게나마 알 수 있었다는 것은 다
행이었다.

심심찮게 혼담이 일고 있었던 모양이지만 조진개는 계속 독
신이었다. 방앗간 안주인이 쌀집 부탁을 받고 조진개의 어머니
에게 혼담을 내놓았다가,

"이 동네엔 우리 아들 색싯감은 없을 거라유."

란 한마디로 무안을 당했고, 복덕방 하 노인은 누군가의 부탁
을 받고 중신아비를 자처하고 나섰다가 조진개 본인으로부터
보기 좋게 거절을 당하였다.

"결혼은 시기상죠. 그런 말 아예 마시오."

조진개의 대답은 이처럼 결연했다는 것이다.

또 한 해가 가고, 그러니까 노인 부부가 죽은 지 1년쯤 지났

을 때다. 조진개는 돌연 집을 헐어 젖히더니 땅을 깊이 파기 시작했다. 불도저가 윙윙거리고 바가지차가 으르렁대고 있구나 싶었는데 석 달이 채 못 되어 적갈색 타일이 번쩍번쩍하는 5층 건물이 섰다. 집을 헐기 시작해서부터 석 달 만에 완공을 보았으니, 눈 깜짝할 사이라는 것은 지나친 표현이겠지만 실감으로선 그랬다.

60평 대지 위에 선 그 5층 건물은 쓰러질 듯한 집들만 늘어서 있는 이 거리에선 뉴욕에 있다던가 한 마천루를 방불케 하는 장관이었다. 땅딸보 조진개의 키가 갑자기 그 건물의 높이만큼이나 커 보였다.

건물의 이름은 '박사빌딩'. 진유판眞鍮板에 새겨진 글자의 한 획 한 획이 태양의 조명으로 황금빛으로 빛났다. 낙성식엔 구청장과 경찰서장 등 고위 고관도 참석했다. 검은 양복, 하얀 와이셔츠에 분홍색 넥타이를 맨 차림으로 조진개는 일장의 연설을 했다. 그 가운데,

"……미국 사나이들의 꿈은 대통령이 될까, 빌딩의 주인이 될까 하는 데 있다고 들었습니다. 이것을 빌딩이라고 할 수 있을지 없을지, 하여간에 빌딩인 것만은 사실입니다. 나는 앞으로

백층 빌딩을 지을 작정입니다……."

하는 대목이 있었다.

그 연설은 각양각색의 반응을 일으켰다. 어떤 사람은 "조진개가 진짜 박사일지 모른다."고 했고, 어떤 사람은 "그만한 연설이면 국회의원 시켜도 될 거다."고 했고, 또 어떤 사람은 "뻔뻔스럽기가 그만하면 송병준이 뺨칠 놈이다."고도 했다.

그런데 어떤 사람은 "이런 거리에 저런 건물을 지어 갖고 과연 수지가 맞을까." 하고 걱정인지, 조진개가 망하길 바라는 마음으로선지 중얼거리기도 했는데, 그런 자야말로 대붕大鵬의 뜻을 모르는 연작燕雀 따위의 사람이다.

대도시의 인구는 변두리부터 팽창을 시도한다. 모르는 사이에 불로동의 인구는 엄청나게 불어났다. 난데없이 불도저라고 불리는 시장이 나타나서 밤사이에 불로동 근처의 길을 포장해 버리고 나니 어느덧 이 거리는 서울의 중심지처럼 되어 버렸다.

조진개는 5층을 자기의 살림집으로 하고, 4층을 전당포와 창고로 쓰고, 3층엔 열 평씩 다섯 부분으로 나눠, 사무실 또는 간이 아파트로서 빌려 주기도 하고, 2층은 당구장과 다방, 1층은 백화점, 지하층은 음식점과 바로 쓰도록 안배했다. 당구장과 음식점, 바, 다방, 아파트, 사무실을 빌려 준 전셋돈으로 빌딩을 짓는 비용이 빠졌고, 다달이 들어오는 집세가 백만 원을 넘을 것이라고 했으니 조진개의 성공은 절정에 이른 셈이다. 구구한 계산이지만 13, 4년 전의 백만 원이면 지금 돈으로 쳐서 천만 원의 가치에 해당했다.

조진개가 결혼한 것은 빌딩의 낙성식이 있고 두 달 후쯤의 일이다.

일양래복—陽來復, 매화꽃이 필 무렵 그의 결혼은 서울 도심의 호텔에서 어마어마하게 거행되었다는데 나는 가 보질 못했다.

처가는 충청도의 유서 있는 집안이며 신부는 대학을 나온 미인이라고 했다. 나는 비로소, 그 언젠가 하 노인이 혼담을 꺼냈을 때 단호히 거절한 조진개의 의도를 짐작할 수 있었다. 그는 빌딩을 짓고 나서야 결혼 상대를 찾겠다는 계산을 하고 있던 것이 틀림없다.

전당포 허가가 내린 것은 그 무렵의 일이다. 우연히 그 앞을 지나다가 높이 1미터가량, 너비 50센티미터가량의 입간판이 박사상회 양화부에 서 있는 것을 보았다. 이렇게 씌어 있었다.

'경리 사원 모집!

강철 같은 의지!

대쪽 같은 정직!

을 가진 유능한 경리사원 구함.

학력 상업학교 졸

참고! 조건에 맞는 사람이면 박사전당포의 사장에 임명할
수도 있음.'

근자에 내가 본 구경거리로선 특별한 것이어서 복덕방에 들
어서자마자 이 얘기를 했다.

모두들 폭소를 터뜨리고 한마디씩 했는데, 입을 열기만 하면
조진개의 욕을 하던 허대식이란 친구는 웃지도 않고 핼쑥한 얼
굴을 긴장시키고 있더니 스르르 빠져나갔다. 허대식은 어느 신
용금고에 있다가 그 신용금고가 파산하는 통에 실직 중에 있
었던 50세 안팎의 사나이였다. 나는 직감적으로 그가 박사전
당포의 경리사원 모집에 응모하러 간 것이라고 보았다.

뒤에야 안 일이지만 그날, 허대식과 조진개 사이엔 퍽 재미나
는 응수가 있었던 모양이다. 목격자의 얘기에 의하면 그 장면

은 이렇게 된다.

허대식이 박사상회의 양화부에 들어섰다.

조진개가 일어섰다.

조 구두를 사시려구요?

허 아니오.

조 그럼 뭣 하러…….

허 월급이 얼맙니까?

조 무슨 월급 말입니까?

허 저 광고에 있는 사원 월급 말입니다.

조 채용도 안 했는데 월급을 정해요?

허 월급을 알고 나서 모집에 응하려구요.

조 당신을 채용하지 않을 테니 알 필요 없잖소.

허 그럼 한 가지 물어보겠소.

조 물어보시오.

허 전당포 경리 보는데 강철 같은 의지가 무엇 때문에 필요
하죠?

조 매사에 강철 같은 의지는 필요한 겁니다.

허 대쪽 같은 정직이란 또 뭐요?

조 정직해 보지 못한 사람에겐 손바닥 위에 얹어 주어도 모를 거요.

허 당신은 대쪽같이 정직하다고 생각하우?

조 가시오. 당신은 남의 일 방해하러 다니는 사람인가 보군요.

허 그리고 그 뭐요. 전당포 사장이라고 했던데 전당포가 무슨 회사요? 합자회사요? 주식회사요?

조 이 사람이 왜 이래요.

허 왜 이러다니 공중의 눈에 뜨이게 광고를 했으면 그것에 관해 납득이 갈 설명이 있어야 할 것 아뇨.

조 안 가면 업무 방해로 경찰을 부르겠소.

허 덕택으로 국비 호텔에 가서 공밥 좀 먹어 봅시다. 그러기 전에 전당포 사장이란 게 뭔지 그거나 알고 싶은데요.

……

이런 옥신각신이 있고 돌아온 허대식은 복덕방으로 돌아오자 사정없이 조진개의 욕을 해 댔다.

경리사원 응모로 갔다는 사실을 눈치 챈 윤 노인이,

"당신이 혼자 갈 게 아니라 하 노인을 사이에 넣었더라면……."

하자 하 노인은,

"내가 사이에 들어도 안 될 거요. 그 사람은 자기보다 키 큰 사람은 절대로 채용하지 안 할 거라."

며, 백화점 점원들을 보라고 했다.

백화점엔 두 사나이가 심부름을 하고 있는데 둘 다 조진개의 키보다 작았다.

"그런데 마누라만 대자를 얻었더군"

누군가의 말이었다.

아니나 다를까 나도 조진개의 마누라를 꼭 한 번 보았는데 그 마누라는 조진개보다, 적어도 10센티미터는 키가 더 컸다. 뿐 아니라 시원스런 눈과 덩실한 코를 가진, 어느 모로 보나 현대적이고 싱그러운 미인이었다.

나는 그런 마누라를 얻은 조진개의 계산을 읽었다. 앞으로 낳을 아들딸의 키를 고려하고 키 큰 아내를 구한 것이리라고.

얼마 되지 않아 입간판에 새로운 광고가 나붙었다.

'운전사 구함

운전 경력 5년 이상

무사고 운전사

착실한 미혼자'

그걸 보고 나는 조진개가 자가용차를 샀다는 것을 알았다. 가끔 검은빛 자가용차가 박사상회 양화부 앞에 서 있기도 했는데 어느 때부터인가 보이지 않았다. 알고 보니 부인이 운전을 배워 가지고 그 차는 주로 부인이 이용하는 차로 된 모양이었다.

얘기가 늦게 되었는데 조진개는 결혼하자마자 살림집을 시내 어느 아파트로 옮기고, 본인은 박사상회에 출퇴근하고 있었다. 부인이 불로동에서 살기를 완강하게 거절했기 때문이라고 들었다.

박사상회 5층의 살림집은 3등분해서 빌려 주었던 것으로 안다.

한동안 보이지 않았던 조진개의 어머니가 불로동으로 돌아와 셋방살이를 하게 된 것은 조진개가 시내 아파트로 이사 간 지 반년 후쯤이 아니었을까 한다.

그녀는 박사상회의 이웃을 돌아다니며 며느리 욕하는 것을 일과로 삼았다.

"지독한 년도 다 있지, 아침엔 빵인가 뭔가, 소세진가 뭔가 하고 우유라나 코피라나를 처먹고 나더러 그걸 먹으라는데 어찌 그걸 먹겠더래유. 도리가 없어 쌀을 사 와서 밥을 먹으면 밥 내가 난다, 김치 냄새가 난다고 상을 찌푸리구, 낮에 어딜 돌아다니는지 몰라유. 점심때쯤 해서 나가면 밤 늦게야 돌아오니께유. 당최 배가 고파서 못 살겠데유. 아들 보구 며느리 좀 타이르라고 하면 아들은 되레 나에게 대든단께유. 세상에 여편네에게 쥐여사는 사내가 더러 있긴 있는 모양이긴 하더라만유, 우리 아들처럼 꿈쩍달싹 못하는 놈은 아마 없지 않을까유. 세상에 아들 두구 이 고생할진댄 누가 아들 낳으려고 애쓰겠시유."
하고 눈물 반 웃음 반을 섞어 가며 넋두리하는 것을 나도 직접 들은 적이 있다.

조진개의 어머니에겐 그보다 더한 불평이 있었다. 어느 날 부부 싸움 하는 것을 들으니 조진개는 아들을 갖고 싶어 하는데 며느리는 한사코 반대하더라는 것이다.

"세상에 남의 집 며느리로 들어와서 그 집 손을 끊으려는 년이 있겠시유? 그러지 않아도 인구가 불어 야단인데 아들딸 놓

36

아 뭣할 거냐는 얘기고 보면 이게 될 말인가유? 꼭 아이를 키우고 싶으면 고아원에 가서 데리고 오라고 하잖아유? 아들은 좋은 말로 사정사정하더만유. 그래도 듣지 않아유. 아들 번 돈물 쓰듯 하고 자가용 타고 돌아다니며, 남편이 사정하는데두 고문가 뭔가를 끼우지 않으면 잠자릴 안 하겠다니 이런 청천에 벼락 맞을 년이 어디 있겠시유."

그래, 어느 날 밤 그 노모의 표현을 빌리면, 성이 하늘 끝까지 나서 아들 부부의 침실에 뛰어들었다는 것이다.

"아들은 벌거벗고 있는데 며느리년은 파자만가 잠옷인가를 입고 가슴팍을 꽉 막고 있지 않겠시유. 하두 화가 나서 이년아, 그 가슴 풀어라, 우리 집 손 좀 받자고 덤볐지유. 그랬더니 날쾅 밀고 일어서며 며느리년 한다는 소리가, 저 할망구를 내쫓을 거냐, 자길 내쫓을 거냐고 아들에게 대들지 않겠어유? 그러니께 아들 녀석이 내 목덜미를 잡고 방 밖으로 끌어내더니 당장 나가라고 하잖겠어유? 세상에 이런 분한 일이 어딨겠시유."
하고 조진개의 어머니는 방바닥을 치며 통곡을 터뜨렸다.

안 노인 부부에 대해선 효자 뺨칠 정도로 정성을 다한 조진개가 자기 친어머니에 대해선 그런 불측한 짓을 했다는 소문이 불로동에 돌았다.

그러나 뒤에서 숙덕일망정 조진개의 면전에서 그런 사실을 듣고 힐책할 사람도 없거니와, 어머니를 잘 돌보라고 충고하는 사람도 없었다.

어느덧 조진개는 불로동 일대에선 무시 못 할 존재가 되어 있었을 뿐 아니라, 그의 비위를 거슬러 이익이 될 게 없다는 것을 누구나 다 알고 있었기 때문이다.

허대식만이,

"조진개의 성공엔 흑막이 있다. 안 노인의 부부가 급격하게 죽게 된 데도 필시 원인이 있다. 집을 넘겨받은 데도 반드시 꿍꿍이속이 있다. 그걸 내가 캐내야지."

하고 벼르고 있었지만, 설혹 그의 추측이 들어맞는다고 해도 이제 와서 어쩔 도리가 없는 것이다.

조진개의 어머니가 걸식하다시피 불로동 이 집 저 집을 돌아다니며 며느리의 악담을 퍼붓고 있을 무렵, 박사상회 입간판에 또 새로운 광고가 나붙었다.

'가정부 구함!

내 살림같이 맡아서 일해 줄 50세 이상의 여성을 구함

시골에서 갓 올라온 사람을 특히 우대함'

이 광고를 본 불로동 사람들은 모두 혀를 끌끌 찼다. 물론 조진개가 보지 않는 곳에서.

그 광고는 석 달 넘어도 그냥 붙어 있었다. 그런데 두 달이 넘었을 때부터 다음과 같은 글귀가 첨가되어 있었다.

'아파트 살림임'

대강 이 무렵부터가 아닌가 한다.

박사상회 바로 앞 인도에 중고품 가재도구가 각기 가격표를 어깨에 달고 진열되었다. 집세 못 낸 사람들을 내쫓고 압류한 물건들을 그런 식으로 팔기 시작한 것이다. 그 가운데 어린이가 가지고 노는 인형, 노리개, 자동차 같은 것이 있어서 이채를 띠었다.

양화부 한구석엔 고물상이 생겼다. 전당포에서 잡은 물건들을 팔 셈이었다. 그것까진 좋았는데 조진개가 인도에 접한 양화부의 한쪽에 담배와 커피 자동판매기를 설치하고 바로 그

옆에 광고를 써 붙였다.

'피로 회복에 제일 좋은 따끈한 커피를 자십시오.'

사건은 커피 자동판매기를 설치한 사흘 만에 발생했다.

박사빌딩의 2층에 세 들어 있는 다방 마담 천금순 씨가 오후 3시경 아래로 내려와서 커피 자동판매기 앞에 서서 행인들이 차례대로 돈을 넣고 종이컵에 든 커피를 받아 들고 마시는 것을 지켜보고 있다가 손님이 뜸한 기회를 노려 주먹으로 그 자동판매기의 면상을 꽝 쳤다. 가만 지켜보고 있기만 하면 돈을 벌어 주는 판매기를, 설치한 지 사흘밖에 안 되는 터라, 신통하다는 눈초리로 조진개가 지켜보고 있는 면전에서 있었던 일이라 조진개는 벌떡 일어나 천금순 마담에게 덤벼들었다.

"왜 남의 기계를 쳐."

그만한 상황은 미리 짐작하고 있었던 모양으로 천 마담은,

"내 장사 방해하는 물건을 가만둘 수 없지 않소."

하고 점잖게 나왔다.

"방해를 하다니 뭣이 방해했단 말인가?"

조진개는 극도로 흥분했다.

"이것이."

하고 천 마담은 이번엔 발로 판매기의 복부를 힘껏 찼다.

그러자,

"이게."

하고 조진개는 천 마담을 와락 밀었다. 천 마담이 궁둥방아를 찧었다. 천 마담은 땅 짚은 손을 털털 털며 일어서더니 목청을 돋우었다.

"이놈, 조진깨야. 전세 올려 받은 게 언제지? 바로 나흘 전이다. 고스란히 3백만 원 바쳤어. 그런데 이게 뭐야. 이것 들어오는 바람에 매상이 반이나 줄었다. 이렇게 남의 장사 방해할 속셈을 해 놓고 전세를 올려 받아? 달세는 반이나 높이구? 그래, 나는 그런 꼴을 당하고도 가만있어야 돼?"

"이 여자 대단하군. 다방을 빌렸으면 그만이지, 내 자유까지 구속할 작정이야?"

하고 조진개도 지지 않았다.

"자유 좋아하네. 그래서 네 마음대로 하긴가? 사람은 경우란 게 있어. 같은 집에 두 개의 다방을 만들어? 그러지 않아도 세월이 없는데 또 여기다 다방을 만들어?"

"야, 이 여자야, 어데다 다방을 만들었단 말인가. 괜히 떼를 쓰고 야단이야."

"괜히 떼를 써? 이게 다방이 아니고 뭐고?"

하고 천 마담은 커피가 나오는 아래쪽을 걷어찼다. 그 부분이
반쯤 망가졌다. 눈깔이 뒤집힌 조진개는,

"이년을 당장."

하고 멱살을 잡으려고 했다.

천 마담은 자기의 멱살을 잡으려는 조진개의 손을 비틀어
잡고,

"요 난쟁이 X길이만 한 녀석이 누구헌테 손찌검을 할라꼬
해."

하면서 조진개를 커피 판매기 쪽으로 떠밀었다. 조진개는 판매
기를 안고 넘어질 뻔했다. 가까스로 몸을 가눈 조진개는,

"이년, 누구 앞에 덤벼들어."

하곤 이번엔 주먹을 휘둘렀다. 그러나 체격이 조진개의 배나 되
는 천 마담이 그만한 공격에 지칠 여자가 아니었다. 조진개의
넥타이를 덥석 잡고 몇 번을 흔들어 대더니 도로를 향해 밀어
버렸다. 마침 가을비가 온 직후라 인도와 차도 사이의, 단이 진
곳에 물이 괴어 있었다. 조진개는 그 물속에 대가리를 처박았

다. 옷이 뻘투성이가 된 것은 물론이다. 요컨대 사내의 체면이 묵사발이 되자 조진개는 혼신의 용기를 다해 천 마담에게 돌진했다. 천 마담이 살짝 피했다. 조진개는 커피 판매기에 박치기를 했다. 커피 판매기가 뒤로 넘어졌다.

이 무렵에 그 근처는 인산인해를 이루었다. 누구나 갈채를 보내고 싶은 충동을 참느라고 빙글빙글 웃고 있었다.

물불 가리지 않게 된 조진개는 양화부에서 막대기를 들고 나왔다.

"이년을 죽이고 말 테다."

하고 그 막대기로 후려치는데 천 마담은 어깨를 맞았다.

"아얏"

하고 비명을 지른 다음 순간 막대기는 천 마담의 오른손에 있었고, 조진개의 멱살은 천 마담의 왼손에 잡혀 있었다.

"이놈아, 조진깨야. 너 잘못 걸렸다. 나는 경상도 여자다. 경상도 지리산에서 벌어먹겠다고 서울 변두리에까지 와서 너 같은 놈을 만났다. 이 난쟁이 X길이만 한 놈아, 네가 그 꼴이니까 네 여편네가 서방질을 하는 거다. 네 어미 거지꼴을 만들고, 서방질하는 여편네에겐 꼼짝달싹 못하게 쥐여살면서 남의 여자는 업수이 여겨? 내가 항의한 것이 잘못됐나? 엊그제 전셋돈을 올려 받고, 월세까지 올려놓고서 바로 그 이튿날 다방 입구에 커피 판매기를 갖다 놔? 장사에도 의리가 있고, 버는 데도 경우가 있는 기다."

이렇게 외치면서 "잘못했다고 빌어!" 하며 목을 졸라 대는 바람에 조진개의 족제비 같은 눈이 개구리눈으로 부풀어 올랐다.

복덕방의 하 노인이 와서 겨우 뜯어말렸는데 멱살이 풀리자 조진개는 그래도 입은 살아,

"네 이년, 내 마누라를 향해 뭐라고 했지? 명예훼손죄가 뭔지 알기나 해? 증인은 여기 꽉 찼다. 주둥아리 함부루 놀리면 어떻게 된다는 거, 맛을 보여 줄 테다."

하고 으르렁댔다.

경상도 여자 천금순은 여걸다운 미소를 띠고 한마디 뱉었다.

"나를 걸어 명예훼손 고발도 좋지만 네 여편네 단속이나 똑똑히 해라. 내가 안 할 말을 한 것 같다만 두고두고 내게 감사할 날이 있을 기다."

그리고 천금순은 2층으로 올라가 버렸다. 군중 사이에 박수가 났다.

"천 여걸 만세."

누군가가 선창을 하자 '천 여걸 만세'를 화창하는 소리가 꽤
나 높았다.

'천 여걸 만세'는 조진개를 장송하는 서곡처럼 되었다.

누가 주장한 것도 아닌데 불로동 사람들은 박사백화점은 물
론이고 박사양화부에도 발길을 끊었다. 조진개가 별의별 꾀를
내어 공고를 붙여도 그 이튿날 보면 그 위에 가위표가 그려져
있었다. 반면 조진개가 떼어 내고 떼어 내고 해도 박사상회의
간판엔 '이 집 물건 사는 자는 사람도 아니다.' 또는 '이 집 물
건 사는 자는 조진깨와 같은 놈이다.' 하는 삐라가 붙었다.

문전에 새집을 짓는다는 고어가 있는데, 만일 사람들에게 참
새구이를 좋아하는 성벽이 없었더라면 박사상회의 문전은 새
집투성이가 되었을 것이다.

이윽고 박사상회는 문을 닫고 조진개는 불로동에서 자취를
감추었다. 그 후 들려오는 풍문에 의하면 조진개는 아내의 행
적을 추적하여 드디어 간통의 현장을 잡았는데, 그 간부姦夫가
뜻밖으로 거물이어서 간통죄 고발을 안 하는 대신 1억 원 가까

운 돈을 받았다고 한다. 이 풍문이 전해지자 복덕방은 와자지껄했다. 그 가운데서도 가장 인상 깊은 말은 다음과 같다.

"제기랄, 운수 좋은 년은 넘어져도 가지밭에 넘어진다더니."

물으나 마나 허대식이 한 소리다.

그런데 그 후 또 들린 말에 의하면 탈세와 밀수, 횡령 등 옛날의 죄가 탄로 나서 빈털터리가 되었을 뿐 아니라 감옥살이를 한다고 했다. 그러나 이건 확인된 것은 아니다.

조진개가 지은 박사회관은 벌써 몇 사람의 손을 거쳤으나 아직도 불로동에선 최대의 건물로 남아 있다. 다만 '박사회관'이란 진유 간판 가운데 '사' 자가 떨어져 나간 채 있는데, 조진개의 별명을 '면장'이라고 하자던 윤 노인의 창안에 의하면 이 다음 결락된 문자를 보충할 땐 '사' 대신 '살'을 넣어 '박살회관'이라고 하는 것이 좋을 듯하다는 것이다.

유감인 것은 하 노인이 죽었기 때문에 조진개에 대한 그의 코멘트를 들을 수 없게 되었다는 사실이다.

아무튼 조진개는 불로동에 있어선 교육적 재료로서 보람을 다하고 있다.

예컨대,

'계산할 줄 모르는 것도 안 되지만 조진개처럼 너무 계산할 줄 아는 것도 좋지 않다.'

'우리 동민이 단결하기만 하면 조진개 같은 지독한 놈도 추방할 수 있으니 앞으로 더욱 단결을 공고히 하자.'

등등이다.

그러나 교육상 폐단이라고 할 수 있는 것은 조진개에 대해 천금순이 퍼부은 말 가운데 있었던 '난쟁이 X길이만 한 놈'이란 말을 국민학교 아동들이 외워 가지고 걸핏하면 유행어처럼 그 말을 쓰는 경향이 있다는 데 있다.

여걸 천금순은 불로동의 명물이 되어, 현재 식당을 경영하고 있다. 옥호는 '경상도집'. 외지에서 손님이 온다거나 무슨 모임이 있을 땐 경상도집으로 가는 것을 불로동 동민들은 관습처럼 하고 있다.

빈영출

일러두기

1. 이 작품은 1982년 2월 월간《현대문학》에 실린 단편소설이다.
2. 연재 당시의 내용을 그대로 살리되, 편집상의 오류를 바로잡고 기본 맞춤법은
   오늘에 맞게 수정했다.

빈영출賓永出의 부고를 받았을 때 성유정成裕正은 처음 '아아, 이 사람도……' 하는 감회를 가졌을 뿐이다.

그러나 그 부고를 다시 읽어 보게 된 것은 고색이 창연한 형식에 고향의 먼지내음 같은 것을 맡았기 때문이다.

'빈석규대인 영출공賓石圭大人 永出公…… 인숙환별세 자이고부因宿患別世 玆以告訃'

그 문면을 읽고 있는 동안 성유정은 일종 기묘하다고도 할 수 있는 빈영출과의 교의交誼를 회상하며

'이 사람이야말로 고향이 낳은 특출한 사람이 아닐까.' 하는 생각을 하게도 되었다.

성유정의 고향은 지리산이 남쪽으로 뻗은 지맥 가운데 이루어진 조그마한 분지, 하북면河北面이라고 불리는 곳이다. 인구는 7, 8천. 한마디로 말해 특색이란 전연 없는, 그저 평범하기만 한 산촌이다.

비가 오기라도 하면 황토물을 이루어 범람하기도 하지만 어느 때엔 간신히 물줄기가 자갈밭을 누비고 있는 보잘것없는 시내, 높은 산이랬자 표고標高 3, 4백 미터가 고작인 야산, 들은 넓은 곳이래야 폭이 5, 6백 미터가 될까 말까. 이조시대를 말하면 기껏 진사 벼슬이나 참봉 벼슬이 수삼 명 있었을 정도. 해방 후 이 고장 출신 최고의 벼슬이 경위였다던가, 경감이었다던가.

이런 곳을 두곤 '산하는 의구依舊한데 인걸은 간 곳 없다.'는 등의 시상詩想이 나타날 까닭도 없다. 그래서 그런지 이 나라에 그처럼 흔한 시인 한 사람 이 고장에선 나지 않았다. 그런 까닭으로 성유정이 추억, 또는 회상에 따른 정감을 섞어 고향을 그려 보려고 해도 지긋지긋하게 평범하고 쓸쓸한 풍경화로 될 뿐이다.

말하자면 이런 고향이었고 보니 빈영출을 특출한 인물로 칠수 있지 않을까 하다는 뜻이다.

빈영출과 성유정의 기묘한 우정은 보통학교 시절에 비롯되었다. 그들은 한반이었다. 나이는 빈영출이 성유정보다 8세 위였다.

같은 반 학생 14명이었는데 학업성적은 성유정이 언제나 1등이고 빈영출은 2등이었다. 4학년에 오를 무렵이었던가 끝날 때였던가, 빈영출이 성유정을 회유懷柔하려고 했던 일이 있었다.

"넌 죄그만한께 2등 해도 안 되나. 그런께 이 다음부터 1등 내게 달라. 그라몬 엿 한 아름 사 줄게."

"우짜면 되는 기고." 하고 성유정이 빈영출에게 1등을 줄 수 있는 방법을 물었다.

"그건 아주 쉽다. 시험 볼 때 말이다. 세 문제가 나오면 두 문제만 하고 한 문제는 안 하는 기라. 다섯 문제가 나오면 세 문제만 하고 두 문제는 남기고. 알았재?"

그때 성유정이 약속을 했는지 안 했는진 기억에 없다. 그러나 그런 얘기가 있은 후 시작된 시험 때 성유정은 빈영출이 시키는 대로 했다. 엿을 얻어먹고 싶어서 그랬던 것은 아니다. 한 학과를 그런 식으로 했더니 왠지 쾌감이 있기도 해서 전 학과의 시험을 그런 식으로 치렀다. 물론 그보다 강한 동기란 것도 있었다. 빈영출과 같은 동네에 사는 아이들이 다음과 같은 소리 하는 것을 들은 것이다.

"영출인 장가를 든 어른인디 맨날 쪼맨한 유정헌테 1등을 빼앗긴다고 즈그 색씨로부터 괄시를 받는다더라, 얘."

성유정은 어린 마음으로서도 색시로부터 괄시받는 신랑의 처지를 이해했다. 그래서 결심을 한 것인데 일은 순조롭게 되질 못했다. 성유정의 반을 맡은 교사는 일인 교장日人教長이었다. 어느 날 방과 후 성유정을 교원실로 불렀다.

교장은 종이에 산술 문제, 이과 문제理科問題, 일어 문제 등 열 몇 개를 써 놓고 성유정더러 답안을 쓰라고 했다. 유정은 교장의 저의를 모르고 그 문제 골고루에 정답을 썼다. 그랬더니 교장은 책상을 탕 치고 일어서며 유정을 무섭게 노려보곤, 전일 치른 시험지를 내놓고 유정이 포기한 부분을 가리키며

"이것 어떻게 된 거냐?" 하고 물었다.

유정이 대답할 수가 없었다.

"무슨 이유가 있을 것 아닌가. 쓸 수 있는 답안을 고의로 쓰지 않는다는 덴 무언가가 있을 것이 확실하다. 선생에게 대한 반항이 아니면, 무슨 옳지 못한 것을 생각하고 있는 증거이다. 바른대로 말하라." 하고 교장은 흥분했다.

유정이 바른대로 말할 수밖에 없다고 호흡을 고르고 있는데 교장의 입에서 엄청난 말이 나왔다.

"너희들끼리 짠 것이 아니냐. 너희들끼리 짜고 이런 장난을 했다면 이건 실로 중대 문제이다. 학교의 가르침에 반기를 들어 학교의 질서를 고의로 문란케 하려는 음모다. 바른대로 말해 봣!"

정확하게 이대로는 아니었을지 모르지만 대강 이런 내용의 것이었는데 유정은 겁에 질렸다. 학교에 대한 반기, 질서 문란 등의 말과 유정의 숙부가 관련지어져 상기되었기 때문이다. 유정의 숙부는 3·1운동을 비롯, 독립운동에 가담하여 형여_{刑餘}의 처지에 있었다. 하북면에선 유일한 독립운동가로서 알려져 있는 터라 교장이 그것을 모를 리 없었던 것이다.

유정은 빈영출과의 거래를 말했다간 큰일이 날 것 같아 겁을 먹었다. 자기만이 아니라 빈영출까지 당하게 될 것이 두려웠다.

그래서 생각해 낸 꾀가

"오줌이 마려와서 참을 수 없어 답안지를 얼른 내 버린 겁니다." 하는 대답으로 되었다.

"한 번도 아니고 두 번, 세 번, 네 번이나 그랬단 말인가."

"그날은 어찌된 영문인지 자꾸 그랬습니다."

교장은 한참 동안 무엇을 생각하고 있더니 부드러운 말투로 바꿨다.

"몸이 허약하면 그럴 수가 있다. 헌데 지금도 그런가?"

"지금은 조금 나았습니다."

"밤에 자리에서 오줌을 누는, 그런 일은 없었나?"

"예, 가끔 있었습니다."

이것은 거짓말이었다. 유정이 그렇게 말해 두는 게 유리하다는 짐작으로 묻는 대로 긍정을 한 것이다.

"그렇다면 병원에 가 봐야 한다. 나이가 열 살이나 되는 놈이 잠자리에서 오줌을 싼다고 해서야 되느냐. 아버지 어머니와 의논해서 빨리 고치도록 해라. 오늘 일은 내가 오해한 것 같다. 시험을 전부 맞은 것으로 해 두겠다."

이렇게 교장으로부터 놓여난 것은 반가웠지만 빈영출한테

미안하다는 생각이 들었는데 교문 바깥에 빈영출이 기다리고 있었다.

"내 교원실 창 밑에서 다 들었다." 하며 빈영출이 성유정의 손을 잡고 "미안하다, 미안하다." 하고 눈물을 글썽했다.

2학기도 성유정이 1등이고 빈영출은 2등이었다. 그래도 빈영출은 조그마한 나무상자 가득 차게 엿을 고운 것을 담아 유정에게 주었다.

그때부터 유정과 빈영출 사이에 특별한 우정이 맺어졌다. 나이가 여덟 살이나 위인데도, 이래라저래라, 하고 함부로 말하게도 되었다. 어느 해의 추석엔가는 예쁘게 만든 주머니를 주기에 성유정이,

"느그 각씨가 만든 건가." 하고 물었다.

"누가 만들었건 안 좋나."

빈영출은 수줍은 듯 웃었다.

빈영출이 하북면 경찰주재소警察駐在所 앞에 행정대서소를 차린 것은 성유정이 중학교 3학년에 진급했을 무렵이다.

여름방학 때 그 대서소에 놀러 갔더니 빈영출이 반기며 생과

자가 꽉 차게 담긴 종이상자를 내놓고 먹으라고 했다.

"이런 건 진주나 하동에 가야 살 수 있는 긴디 어디서 났노?"
하고 성유정이 물었다.

"네 줄라꼬 진주서 사다 놓은 것 아니가."

빈영출은 이렇게 말했지만 그 수수께끼는 곧 풀렸다.

주재소, 그땐 경찰지서를 주재소라고 했는데, 주재소의 일본
인 순사부장 마누라가 선사한 것이었다. 그러나 그것이 별로
대단한 일이라서 곧 잊게 되었는데 뒤에 알고 보니 그때 벌써
빈영출은 엄청난 일을 저지르고 있었던 것이다.

성유정은 하북면 유일한 대학생이 되는 것이지만 방학 때 돌
아오면 꼭 빈영출을 찾았다. 그 무렵 성유정은 어업조합장이란
별명을 얻고 있었다. 여름방학에 돌아오기만 하면 대대적인 천
렵川獵을 했기 때문이다.

일견 보잘것없는 시내이긴 했지만 농약의 부작용이 그다지
심하지 않았으므로 상당한 어족들이 있었다. 붕어 · 피리 · 준
치 · 모래무지 · 장어 · 게 · 메기 등 푸짐한 어획고를 올릴 수 있
었는데 천렵의 규모도 따라서 컸다. 천렵의 방식은 빙옥정이란
하류에서 상촌이란 상류까지 약 1킬로를 반두, 또는 투망질을

하며 거슬러 오르는 방식이다. 중간 지점에 솥을 걸어 놓고 물을 끓이고, 호박·오이·풋고추·고추장·된장·초·깨소금·기름 등과 막걸리를 두세 말 준비해 둔다. 천렵대가 그 지점에까지 와선 그때까지 잡은 물고기로 회도 치고 찌개를 만들기도 해선 그 인근에서 논을 매고 있는 사람들을 죄다 청해 놓고 잔치를 벌인다.

그것이 어느덧 관례가 되어 여름마다의 축제가 되었다. 그래서 성유정이 돌아오기 전에 누군가가 고기를 잡으면

"어업조합장의 허가도 없이 왜 저럴까." 하고 농담 반 진담 반으로 핀잔을 주기도 했다. 그런 분위기가 성유정에게 어업조합장이란 별명을 붙이게 된 것이다.

성유정이 천렵을 할 무렵이면 빈영출이 대서소 문을 닫아 버리고 준비에 열중을 했다. 때문에 그에겐 어업조합 총무란 별명이 붙었다. 그래서 빈 총무, 빈 총무 하는 통칭이 생겨났다. 성유정이 학도병으로 가게 되자 천렵도 자연 없게 되었는데 빈 총무란 이름만 남았다. 주재소 순사들까지 그를 빈 총무라고 불렀다는 얘기이다.

학도병으로 갔던 성유정이 돌아온 것은 해방 이듬해의 봄이다. 그저 무사귀국을 축하해서 인근 마을의 친구들이 유정의 사랑에 모여든 적이 있었다.

그때 빈영출은 나타나지 않았는데 화제의 주인공은 빈영출이었다. 그 무렵 친일파 문제가 시끄러웠기 때문에, 하북면에선 면장과 경찰관을 제외한다면 친일파의 우두머리가 될 것이 확실한 것이라서 은근히 걱정이 되어 성유정이 그의 소식을 물은 것이 계기가 된 것이다.

"빈 총무는 까딱없어." 하고 한 사람이 말하자

"빈 총무의 친일親日은 친일이라도 조금 색다른 친일이었은 깨." 하고 한 사람이 받았다.

"아닌 게 아니라 하북면 사람은 빈영출의 좆덕을 톡톡히 본 셈이지."

누군가의 이 말에 폭소가 터졌다.

"어떻게 된 건데?"

성유정이 물었다.

'좆덕' 운운한 친구가 이런 소릴 했다.

"하북면에 부임한 일본인 순사부장의 마누라 치고 빈영출의 그것 맛 안 본 년은 한 번도 없은깨."

너무나 해괴한 얘기라서 성유정이

"농담이겠지." 하고 웃었다.

"농담 아냐."

좌중이 모두 입을 모았다.

주재소가 있는 마을 친구의 얘기는 이랬다.

"나도 처음엔 순사부장 여편네를 모조리 해 먹었다는 건 지나친 얘길 거라고 생각했지. 그런데 그게 아닌 기라. 아오끼란 늙은 부장이 있지 않았나. 그잔 여게서 정년퇴직하고 돌아갔지 왜. 그자의 마누라는 50세를 훨씬 넘겨 거의 60세쯤 되었을끼라. 그런데 알고 보니 빈영출은 그 할망구까지 해 묵은 기라. 아오끼 집의 식모살이를 하던 여자의 말이니까 틀림이 없어. 도이[土井]란 놈의 여편네는 아이를 셋이나 낳은, 돼지처럼 생긴 여잔데 남편이 비상소집으로 본서에 갔다고만 하면 아이들을 팽개쳐 놓고 밤중에 영출의 대서소방으로 기어 오는 거라."

"그게 언제부터 시작한 버릇이지?" 하고 성유정은 빈영출의 대서소에서 먹은 생과자를 상기했다.

"대서소를 차릴 때부터라." 하는 소리가 있었다.

"아냐, 그때의 부장은 카미야[神谷]란 놈인데 그 여편네를 해 먹고 나서 그 덕으로 대서소를 채린 거라." 하고 하나가 정정했다.

"아닌 게 아니라 빈 총무는 나긴 난 놈이라. 대서소 15년에 1년 반 꼴로 부장이 갈렸은깨 왜년 열 명은 해 먹은 셈 아니가. 아무튼 간이 큰 놈이라."

"그런데도 친일파로 걸리지 않았으니 다행이군."

해방 직후 친일파라고 해서 전, 전 면장이 맞아 죽은 일이 있다고까지 들었기에 성유정이 이렇게 물었다.

"영출의 숨은 공로가 밝혀진 거지. 우리 하북면에선 해방 전 15년 동안 한 사람도 경찰서에 붙들려 간 사람이 없어. 강제로 징용에 끌려간 사람도 없고, 기피자로서 추궁받은 사람도 없고. 알고 보니 직접 간접으로 영출의 덕이었어." 하는 대답에 이어

"자네 숙부님이 무사했던 것도 영출의 덕일지 모르지." 하는 말도 있었고,

"우리 면에서 정신대로 끌려간 여잔 하나도 없은깨." 하는 말도 있었다.

하여간 빈영출은 친일파로서 규탄받기는커녕 애국자로서

높은 평가를 받아야 한다는 결론이었다.

"카사노바, 한국판 카사노바로구나." 하고 성유정이 크게 웃었다.

"카사노바가 뭣고?" 하는 질문이 있었다.

유정이 대강 설명했다. 그랬더니 질문한 자가 말했다.

"들은깨 카사노바는 과부나 미천한 여자를 상대했구나. 그런데 빈영출이 상대한 여자들은 모두 겁나는 존재들의 마누라가 아닌가. 카사노바와 우리 빈영출을 동시에 논할 순 없어."

성유정이 빈영출로부터 직접 그 염담艶談을 들은 것은 얼마 후의 일이다.

"자네의 엽색 얘기를 들었네만 동방예의지국의 군자로선 상상도 못할 그런 짓을 어떻게 감히 할 수 있었는지 이실직고하게." 했으나 영출은 빙글빙글 웃으며 좀처럼 얘기하려고 하지 않았다.

유정이 심하게 졸랐다.

"자네 얘기하지 않으면 친구로서 취급하지 않겠다."라고까지 극언했다.

그래서 겨우 그는 입을 열었는데 성유정이 들은 빈영출의 제

1화는 다음과 같은 것이었다.

빈영출이 할 일 없이 주재소 앞 잡화상 마루에서 주인과 장기를 두고 있는데 그때의 주재소 수석 카미야 부장의 아내가 빈영출을 불렀다. 참외를 사고 싶은데 통역을 해 달라는 부탁이었다.

빈영출은 바지게에 참외를 가득 지고 있는 사람을 데리고 부장 여편네를 따라 사택으로 갔다. 카미야 부인은 참외를 이것저것 골라 마룻바닥에 놓고 흥정을 시작했는데 돌연 그녀의 태도가 이상해졌다는 것을 빈영출이 느꼈다. 하고 있는 말은 건성이고 눈빛이 야릇하게 변해 있었다. 빈영출이 여자의 눈이 가고 있는 방향을 살폈다. 그랬더니 그게 참외팔이 농부의 불알과 물건이 있었다. 팬츠도 없이 삼베 홑바지를 입고 석양을 뒤로 하고 서 있는 바람에 농부의 그것이 완연히 투사되었던 것이다. 카미야 부인은 그것을 보고 색정色情을 느낀 것이 확실하다고 빈영출이 짐작했다. 동시에 그는 카미야 부장의 생기 없는 검은 얼굴과 콧잔등에 솟은 땀방울을 상기하고, 이 여자가 성적으로 기갈증이 들어 있는 것이라고 판단했다.

빈영출이 정신을 차리지 못하는 카미야 부인에게 일본말로

"그런 걸 보고 넋을 잃어서야 되오. 나도 그만한 것을 가지고 있으니 참외나 빨리 사고 이 사람을 돌려보내도록 하라." 하고 일렀다.

제정신을 차린 카미야 부인은 상기된 얼굴로 값을 묻곤 얼른 돈을 치렀다. 농부가 떠나길 기다려 카미야 부인은 열띤 눈으로 빈영출을 쳐다봤다. 빈영출이 용기를 내어

"오늘 밤 열두 시쯤에 냉수욕을 하는 척하고 시내 징검다리 있는 곳으로 나오시오." 하고 나와 버렸다.

그날 밤 빈영출은 징검다리 옆 풀밭으로 카미야 부인을 데리고 가서 서로 정을 통했다.

— 이젠 죽어도 한이 없다.

는 것이 카미야 부인의 말이었다고 한다.

카미야 부인은 그 후 기회가 있을 때마다 빈영출을 청했다. 어떻게 하면 자주 만날 수 있을까 하는 말이 있었기에 빈영출은 대서소 허가를 얻어 달라고 했다. 그래서 빈영출이 대서소를 차리게 된 것이었다.

제2화는 다음과 같다.

카미야 부인과 그런 관계가 된 지 반년 만에 카미야 부장은 이웃 면으로 전근했다. 전근한 후에도 카미야 부인은 가끔 빈영출을 찾아왔다. 부인이 빈영출을 찾아오는 목적을 간파한 것은 카미야 후임으로 온 카와무라[河村] 부장의 아내였다.

카미야 부장의 부인이 돌아가고 난 어느 날의 오후, 대서소에 사람이 없는 것을 확인하고 카와무라 부인이 빈영출을 찾아왔다. 마루에 걸터앉으며 다짜고짜 하는 말이,

"빈 상, 당신이 하고 있는 짓이 무슨 짓인지 알고 있겠죠?"

"나는 행정대서소를 하고 있다는 것을 알고 있습니다."

"그 말이 아닙니다. 카미야 부인과 당신과의 사이에 있는 일 말입니다."

"나를 찾아왔기에 만났을 뿐입니다."

"그런데 왜 대서소의 덧문을 대낮에 닫았습니까?"

"그건……."

"당신들이 하는 짓이 문제가 되면 결과가 어떻게 되겠죠?"

"……"

"그러나 걱정하지 말아요."

"……"

"오늘 밤 우리 주인은 본서로 가요. 날 위해서도 덧문을 달아 줄 마음이 있어요?"

"있고 말고요."

이렇게 해서 카와무라 부인과도 정을 통하게 되었는데, 카미야 부인 경우는 남편의 허약체질에서 비롯된 성적 불만이었는데 카와무라 부인의 경우는 일종의 호색광好色狂이었다고 했다.

제3화, 제4화는 생략할밖에 없다.

요컨대 버릇이 되고 나니 부임해 오는 부장의 여편네를 유혹하지 않고는 배겨 내지 못하는 기분으로 되었다는 것이고, 일단 유혹을 시작하고 보면 목적을 달성하지 않곤 우선 위험을 느껴서라도 안절부절못했다고 했다.

"그래 전부를 유혹했단 말인가?"

"그렇게 되었어."

"헌데 그게 쉬운 일은 아니지 않던가."

"그중엔 어려운 여자도 있었지. 그러나 열 번 찍어 안 넘어지는 나무가 없다고 했는데 열 번까지 찍을 필요도 없었어. 세 번이 고작이야. 아무리 어려운 여자라도 세 번쯤 찍으니 넘어가더만."

"일본여자의 정조 관념이 약하다는 애기도 되는 건가?"

"정조 관념?" 하고 빈영출이 웃었다. 그런데 그 웃음이 묘해서 유정이 따졌다.

"왜 그렇게 웃는가."

"한국여자도 별수 없어. 자랄 때의 도덕적 관습에 따라 약간의 변화는 있을지 몰라도 여자는 마찬가지다. 일본여자나 한국여자나."

"그렇다면 한국여자를 상대로 그런 수작을 했단 말인가?"

"버릇이야, 버릇. 버릇이 돼 놓으면 도리가 없어."

"그래서 한국여자도 일본여자와 마찬가지란 걸 알았단 말인가?"

"그렇지, 문제는 기회다. 기회가 있기만 하면 여자는 마찬가지다."

"그런 얘긴 말게. 자네의 본능적 후각이 그런 여자만을 노렸기 때문에 그런 결과가 된 거야. 그렇지 않은 여자도 얼마든지 있어."

유정이 이처럼 강하게 말해 보는 것이었지만 빈영출은 수긍

하는 것 같지 않았다.

    그 후 지방자치제의 실시로 빈영출이 민선면장民選面長이 되었다. 일제 때 그로부터 비호를 받은 사람들이 앞장서서 맹렬한 선거운동을 했기 때문이다.

  '빈영출은 X힘으로 선거운동을 한다.'는 말이 나돌기도 했지만 그의 당선은 압도적이었다.

    그 무렵 성유정은 진주에 있는 대학에 출강하고 있었다. 가끔 빈영출이 진주에 나와 술자리를 벌이기도 했으나 깊은 접촉은 없었다.

    면장 노릇을 한 2년 했을까 말까 할 때였다. 빈영출이 어느 날 밤 성유정을 찾아왔다. 사연인즉 면 의원들이 빈영출을 불신임하기 위해 의회를 소집했는데 그 일자가 내일이란 것이다.

  "왜 자네를 불신임하겠다는 건가?"

  "그거야 내가 하나부터 열까지 잘했다곤 할 수 없은깨, 더러 잘못이 있었겠지."

  "글쎄 뭣을 잘못했단 말인가?"

  "그런 것 들먹일 필요도 없어. 내일 첫차로 자네가 나가 주어

야겠네."

"내가 나가서 뭣하나."

"면 의원들을 타일러 불신임 결의를 안 하도록 해 달라는 얘기가 아닌가."

"면 의원들이 내 말을 들을까?"

"자네 말이면 듣는다."

"내 말을 듣는다고 해도 사정을 알아야 타이를 것 아닌가."

"사정이고 뭐고 있나. 덮어놓고 말려야 하는 거다. 자네 수단껏 말이다."

"그래도 대강의 사정은 알아야지."

"그런 것 알 필요 없어. 무조건 빈영출을 불신임하지 마라, 하면 되는 거다."

어이가 없었지만 성유정은

"일단 가긴 가 보겠다."고 했다. 그러나 빈영출이 사정 설명을 하지 않으려는 것으로 미루어 불신임 결의를 받을 만한 이유가 있다는 것은 틀림없을 것 같았다. 그것도 보통이 아닌 만만찮은 이유가 말이다.

의회는 오후 한 시에 시작될 것이란 말이라서 서둘지 않으면

안 되었다. 이튿날 아침 여덟 시 버스를 탔다. 하북면사무소 소
재지에 도착한 것은 아홉 시였다. 찻간에서도 말이 있었다.

"그런 일이 있으면 미리 와서 의논을 안 하고 지금 와서 야단
이니 자신이 없다."

"어제까지 놈들을 내 힘으로 타일러 볼라꼬 안 했나. 헌데 놈
들이 말을 들어야지."

"만일 투표를 하면 결과가 어떻게 되겠나?"

"만장일치다."

"어떤 만장일치."

"불신임하는 데 만장일치 말이다."

"나쁜 짓 되게 했구나."

"그런 말 하지 말라큰깨."

"자아식. 자기 한 나쁜 짓은 선반 위에 얹어 놓고 불신임하지
말라는 게 될 법이나 한가."

"그런깨 널 데리고 가는 게 아닌가."

"잘못하면 나까지 망신당하겠는걸."

"이러나저러나 돌성 가진 놈 서럽더라. 일가가 없고 보니 고
독한 기라."

빈영출의 말이 수연했다.

빈씨賓氏라는 성은 원래가 희성稀姓이다. 하북면에서의 빈씨는 영출의 집 한 가구뿐이다.

성유정이 언젠가 빈씨란 성을 칭찬한 적이 있었다.

"자네 성은 좋다. 손님 빈 짜 아닌가. 이 지구에 손님으로서 와 산다, 그런 뜻으로 되는 거거던." 하고.

그때 빈영출이

"유정이 자넨 역시 머리가 좋아. 우리 빈씨를 알아주니 말이다." 하고 싱글싱글했었다.

그 당시를 회상하고 성유정이 말했다.

"느그 성이 좋다고 으스댄 것은 언제고, 돌성이라고 푸념하는 건 또 언제고."

"급한 일을 당하고 보니 하는 소리 아닌가."

"헌데 자네 면장으로 당선된 것을 자네의 그것 덕으로 된 줄 아나?"

"그런 소린 또 왜 하노."

"내가 생각하기로 자네가 희성이었기 때문이다. 대성大姓들이 대립해서 싸우는 바람에 덕을 본 것 아닌가. 그러니 희성이기

72

때문에 얻어 걸친 면장, 희성이기 때문에 떨어졌다고 해도 억울할 것은 없을 거다."

버스가 하북면에 도착하기 전에 빈영출은 울상이 되어 성유정에게 말했다.

"내가 오늘 불신임되면 나는 망한다. 면 재산을 축낸 게 얼만가 있는데 면장질 계속하면 무리하지 않고 갚아 나갈 수가 있지만 지금 목이 떨어지면 당장 변상해야 하니 나는 망하는 기라. 날 좀 살려 주게."

그 말이 너무도 절박했다.

성유정이 최선을 다해 보겠다고 마음속으로 다짐했다.

버스정류소 앞의 술도가 주인이 성유정과 빈영출이 같이 버스에서 내리는 것을 보곤

"어허 조합장과 총무가 함께 오시는구려. 날씨가 아직 쌀쌀한깨 천렵을 하자는 건 아닐 끼고." 하고 쑥 내민 배를 문질렀다.

빈정대는 투가 아니라곤 할 수 없었다. 술도가 주인과 빈영출은 원래 사이가 나쁜 터였다.

주막에 들러 막걸리를 곁들여 식사를 하고 있을 때 지서주임

이 나타났다.

"면 의원들을 지서장이 좀 달래 보지 왜 내버려 두었소."

성유정이 이렇게 말하자 지서주임이

"빈 면장은 일제 이래로 우리 지서의 적 아닙니까." 하고 웃었다.

일본인 순사부장 마누라를 해 먹었다는 사실을 곁들인 농담이었다.

지서주임의 말에 의하면 빈 면장이 면 의원들의 반감을 너무나 많이 사 왔기 때문에 이제 와서의 유화책은 불가능할 것이라고 했다. 그리고 덧붙이길,

"행동통일을 철저히 하기 위해서 아랫마을 송 의원 사랑에 면 의원들이 목하 농성 중입니다."

식사를 끝내고 성유정이 아랫마을 송 의원 집을 찾았다.

"오늘 아침 차로 오셨다면서요." 하고 모두들 성유정을 반겨 주었는데 면 의회 의장이 보이질 않아서 성유정이 물었다.

"김 의장 어딜 갔습니까?"

김 의장은 성유정의 집을 외가로 하고 조카뻘 되는 사람이다.

"김 의장은 성 선생이 왔다는 소릴 듣고 피신했습니다." 하고

김한태 의원이 웃었다.

성유정이

"조그마한 면에 살면서 이 꼴이 뭡니까?" 하고 얘기를 꺼내자 유정의 사촌동생이 나섰다.

"형님, 뭣하러 나왔습니까. 빈 면장은 골탕을 먹어야 합니다. 면장으로서 하는 짓이 도대체 돼먹지 않았어요. 형님, 이 일에 대해선 입을 달지 마이소."

그러자 사방에서 중구난방으로 빈영출에 대한 비난이 쏟아져 나왔다. 그런 사람을 위해 무엇 때문에 진주서 왔느냐는 것이 그들의 결론이었다.

성유정은 그들의 말이 끝나길 기다려 잘못을 시정하는 방법엔 갖가지가 있는데 왜 하필이면 극한적인 수단을 써야만 하는가 하고 설득 작전을 시작했다.

"좁은 바닥에 서로 원수를 사는 것은 옳지 못한 일 아닌가. 그런 도량으로 아이들 교육은 어떻게 시킬 건가, 우리들이 지녀야 할 최고의 덕은 관용이 아닌가."

그런데 모두들 입을 모아서 하는 말은 몇 번을 경고하고 타이르고 했는데도 도무지 말을 듣지 않으니 이번 기회에 버릇을 가르쳐 놓아야 한다는 것이며, 아무리 관용이 덕이라고 해도 이 이상 더는 용서할 수 없다는 것이었다.

"용서할 수 없는 것을 용서한다는 것이 진짜 관용이오." 하고 성유정이 간원했다.

"그잔 못써요. 면장으로서의 비행도 비행이려니와 외입질이 심해서 탈이란 말이오. 장마당에 가게 차려 놓은 여자치고 그놈과 붙지 않은 년은 한 년도 없을 끼요. 어떻게 그런 자를 면장으로 모실 수 있겠나 이 말이오. 그래 가지고 자식들 교육이 되겠습니꺼? 그런 짓을 해도 면장이 될 수 있다고 아이들이 생각하면 우떻게 될 낀가 이 말이오."

송 의원의 흥분한 말에 성유정은 잠시 입을 다물 수밖에 없었다.

그때였다.

가장 나이가 많은 이상태 의원이 헛기침을 하고 말을 이었다.

"성 군하곤 조합장 총무 하는 사이라서 마지못해 성 군이 나온 길 꺼다. 오죽했으면 여기까지 나왔겠나. 우리 성 군의 성의를 봐서 이번 한 번만 눈감아 주자. 빈 면장의 소위는 괘씸하지만 성 군의 체면도 있는 긴께. 여게까지 모처럼 왔는데 아무 보

람도 없이 진주로 돌아가게 되면 그 마음이 오죽이나 섭섭하겠
나. 성 군이 구해 줬다고 하면 앞으로 성 군 말을 잘 안 듣겠나.
가서 김 의장 찾아오라고, 오늘의 회의는 유회로 해 버리도록
의논하자.”

만좌는 아연한 표정으로 이상태 의원을 쳐다봤다. 어이가 없
어 말이 안 나온다는 그런 표정이었다.

이상태 의원이 다시 계속했다.

“빈영출은 밉지만 그렇다고 성유정 군을 미워할 수 있나. 오
늘은 조합장 체면을 살려 빈 총무를 용서해 주자.”

빈 총무란 말이 분위기를 누그러뜨렸다.

빈 총무는 빈영출이 면민들의 사랑을 받았을 때의 애칭인 것
이다.

모여 있는 면 의원들 대부분은 여름방학 성유정의 귀성을 기
다려 신나게 천렵에 참가한 소년시절의 추억을 가지고 있었다.

“이상태 의원이 하시자는 대로 합시다.” 하고 누군가가 말
했다.

“제기랄, 우리 의회는 이래서 탈이다. 그렇게 모두 마음이 약
해 갖고선 어디 면민의 대변자라고 할 수 있겠나.”

김한태는 이렇게 투덜댔지만 그 말엔 이미 독기가 빠져 있었다.

어느덧 어업조합장과 조합원의 모임처럼 되어 버렸다.

"날씨가 조금만 따뜻했더라면 오늘 천렵이라도 하는 건디." 하는 사람이 있었고,

"농약 때문에 고기 잡아 봐도 못 먹어." 하는 사람도 있었고,

"먹지 못해도 잡는 재미란 게 안 있는가배." 하는 사람도 있었다.

성유정은 살큼 눈시울이 뜨거워지는 것을 느꼈다. 선량하기 짝이 없는 사람들, 아득히 소년시절을 되돌아보는 마음으로 되었다.

성유정이 고맙다는 말과 함께

"아닌 게 아니라 빈 총무란 놈 죽일 놈이군. 이렇게 착하고 순한 여러분들로 하여금 불신임 결의까지 하게 할 마음을 먹게 했으니." 하고 다소 울먹거리는 투가 되었다.

이때 김 의장이 어디에선가 나타나 앉으며

"아재 때문에 면 의장 노릇도 못해 먹겠구만." 하고 투덜거렸다.

그가 투덜거리건 말건 문제는 고개를 넘었다. 다시 천렵하던 시절이 화제에 올랐다.

면장이 화해하는 자리를 겸해 면 의원들을 점심식사에 초대했다. 장소는 장마당 한구석에 있는 '아랫뱅이'란 여자가 경영하는 음식점이었다.

막걸리 사발이 오가며 제법 신나는 술자리였다. 면 의원들은 불신임 결의를 안 하는 대신 빈 면장으로 향해 욕설을 퍼붓기도 했지만, 불신임 결의를 안 하겠다고 된 까닭에 면장은 사뭇 기쁜 모양으로

"욕해서 감정이 풀린다면 실컷 욕하이소." 하고 너털웃음을 웃기도 했다.

사고는 밥그릇이 들어온 직후에 발생했다.

면 의원 11인 거기다 면장, 성유정의 몫을 끼어 열세 그릇의 밥그릇이 들어왔는데 그 가운데 단 하나 뚜껑을 씌운 것이 있었다.

성유정이

'앗차.'

싶은 예감을 가졌다.

'혹시 저 밥그릇이 내 몫이 아닌가. 모처럼 진주에서 왔다고 특별대우하는 뜻의…… 그렇다면 그건 곤란한데…… 남 보기가 어색할 건데.'

이런 생각을 유정이 하고 있는데 심부름하는 아이가 밥그릇의 배정을 자기 의도대로 하지 않는다 싶었던지 안주인이 선뜻 방 안으로 들어오더니 뚜껑 있는 밥그릇을 들어 면장 앞에 갖다 놓았다.

'저것 안 좋은데.' 하고 유정이 면 의원들의 표정을 살폈다. 모두의 얼굴에 아니꼽다는 감정이 새겨져 있었다.

그러나 그런대로 식사는 시작되었는데 빈 면장이 숟갈을 밥그릇에 꽂아 넣은 다음 순간, 날계란의 노른자가 밥 표면에 떠올랐다.

아차 싶었다.

면 의원들은 각기 자기 숟갈로 밥을 뒤집었다. 날계란이 담긴 밥그릇은 면장 밥그릇뿐이었다.

"기분 나빠 이런 점심 못 먹겠다."며 김한태 의원이 숟가락을 집어던지고 휭 나가 버렸다. 그러자 한 사람 두 사람 숟갈을 놓고 나갔다. 의장도 나갔다. 남은 사람은 빈영출과 이상태 의원과 성유정 셋이었다.

말문이 막혀 서로들의 얼굴을 바라보고 있는데 바깥에서 소리가 있었다.

"이상태 의원님, 빨리 의사당으로 오십시오. 면 의회 개회한답니다."

이상태 의원이 말없이 나가 버렸다.

빈영출의 얼굴에 핏기가 가셨다.

성유정이 일어설 기력을 잃었다.

이미 소집되어 있는 면 의회가 공고대로 열린 것이다.

성유정이 시계를 보았다. 공교롭게도 그때가 바로 오후 1시였다.

3시 버스를 타고 성유정이 진주로 들어오는데 그 버스엔 의장인 김 군과 유정의 사촌 성순정이 타고 있었다. 그들은 유정을 위로할 겸, 이제 막 면장을 불신임한 결의를 해치운 현장에 남아 있기가 쑥스러운 기분에서 진주행 버스를 탄 모양이었지만 묵묵한 성유정에게 말을 걸어오지 못했다.

그 일로 해서 빈영출은 형무소 신세는 간신히 면했지만 파산하고 말았다.

그 후의 세월을 어떻게 빈영출이 살았는지 고향을 떠난 성유정이 알 까닭이 없었는데 20수년이 지난 오늘 그의 부고를 받은 것이다.

세속적 몰락의 두 경우와 해학
─ 〈박사상회〉와 〈빈영출〉의 저잣거리

김종회(문학평론가, 경희대 교수)

이야기의 풍미와 문장의 여려麗麗가 빼어난 두 단편 〈박사상
회〉와 〈빈영출〉은 이병주의 작품세계를 넘어 우리 문학사에서
도 괄목할 만한 성과작이다. 소설이 재미있어야 한다는 것은
동서고금을 막론하고 하나의 불문율에 속하는 사실이지만, 그
오락성이 위주가 되면 고급한 문학적 수준을 담보하기 어렵다
는 데 문제가 있다. 그런데 세속 저잣거리의 맛깔나는 이야기
를 통해 흥성한 재미와 통렬한 세태 풍자, 수준 있는 해학과 진
중한 교훈성을 함께 걷어 들인 것이 이 두 소설이다.

주지하다시피 이병주는 문文·사史·철哲에 두루 소통되는 작가이며, 그의 작품을 통해 여러 방향으로의 토론과 가치관 논쟁이 가능한 면모를 보인다. 이 소설들은 궁극적으로 세상살이를 요령과 수단으로 일관한 끝에 몰락의 길을 걷게 되는 두 인물을 내세웠지만, 그에 대한 평가의 시각이 이분법적 흑백논리에 의거할 수 없도록 하는 힘과 생각의 깊이를 가졌다.

실상에 있어 준열히 타매해야 할 이들 패배자에 대해 단선적 미움을 넘어서 각기의 정황에 대한 이해, 그리고 그 특출함에 대한 공감 등이 함께 유발된다. 뿐만 아니라 여기에서는 과거의 역사 공간에서 이병주의 역사 소재 소설들을 만나는 경우와 다르게 당대 사회의 가치관 변화도 동행하고 있다. 이를테면 흥부와 놀부, 백설공주와 계모 왕비를 새롭게 가치 규정하는 탈근대적 세태의 면모가 함께 결부될 수 있다는 말이다.

그러나 이 모든 곡절 가운데서도 인간에 대한 존중, 인간의 위신에 대한 믿음은 예나 이제나 촌보의 변동도 없다. 그러한 까닭으로 〈박사상회〉에서는 조진개의 몰락과 천금순의 명물화를 병치하고, 〈빈영출〉에서는 실제적 해설자인 성유정의 감회에 깊이를 더한다. 역사에서 세속으로 시간적 공간적 이동을 감행했으되, 오래 묵은 그 근본을 그대로 안고 왔다. 소설의 배경으로 지리산을 매설하는 것도 매한가지이다. 〈박사상회〉의 천금순은 지리산 출신이고, 〈빈영출〉의 이야기 무대는 바로 그 지리산 자락이다.

〈박사상회〉는 1983년, 〈빈영출〉은 1982년 모두 《현대문학》에 발표되었다. 신군부 군사정권의 서슬이 시퍼렇던 때이다. 그러기에 이 작품들 속의 풍자와 해학은 한층 빛나는 대목이 된다. 일종의 우화이되 우화만으로 그치지 않게 하는, 우리 삶의 존재 방식에 대한 예리한 질문이 소설의 행간 속에 숨어 있다.

소설을 쓰기 시작한 지 20년 가까운 세월에 원숙한 작가의 기량과 유장 유려한 문장이 넘치는 모양은, 마치 황순원이 그 단편 창작 역량이 최고조에 달했을 때 〈소나기〉나 〈학〉과 같은 명 단편을 썼던 것을 유추하게 한다. 김유정의 해학적 인물 묘사, 채만식의 역설적 의미 생성에 비추어서도 문학사적 친족관계를 발견할 수 있다.

〈박사상회〉의 조진개를 묘사하는 대목이 김유정의 〈봄봄〉이나 〈동백꽃〉의 인물 묘사와 방불하다는 사실은, 당초 이 부

문의 전문성으로 출발하지 않았던 작가의 시각이 한결 폭넓고 부드럽게 세상사의 풍광에까지 미쳤다는 반증이다. '불로동'이란 곳이 소설의 무대이며, 이곳은 15년 전에 서울시에 편입된 변두리 빈민가이다. 여기에 어느 가을 석양을 등지고 조진개라는 자가 나타난다.

조진개가 불로동에 나타난 것은 잡화점 지붕의 풀이 가을바람에 스쳐 노인의 형클어진 백두白頭처럼 되어 있을 무렵이다.

그는 석양을 등에 지고 불로동에선 유일한 복덕방인 하노인의 가게에 들어섰다. 키는 겨우 150센티미터가 될까 말까 한 땅딸보, 얼굴빛은 해를 등진 탓도 있었겠지만 아프리카인만큼이나 검었고, 눈은 족제비를 닮아 가느다랗고 길게 째어져 있었다. 국방색 점퍼에 검은 바지, 등산모 같은 것을 쓰고 있었는데 최소한도의 재료로써 못난 사내를 만들어보았다는 표본 같은 인상이었다. 나이는 30세에 두세 살 모자랐을까 말까.

((박사상회), 본문 10~11쪽.)

이 우스꽝스런 사내는, 그러나 김유정의 순박한 시골 사내들처럼 무골호인도 아니고 무력하게 세월을 보내지도 않는다. 그는 매우 치밀하게 불로동의 중심인물로 성장해 간다. 노인들을 설득하고 자리를 얻어 구둣방을 시작하는가 했더니, 어느 결에 '박사상회'란 명호를 내걸고 빈민촌의 구매심리를 일깨우는 상술을 발휘하기 시작한다. 마침내 구둣방 자리에 5층 건물의 '박사빌딩'을 세우고 대학을 나온 미모의 여자와 결혼한 조진개는 세속적 성공의 극점에 도달한다.

그 과정에서 집주인이던 안 노인 부부의 재산을 물려받은 의혹을 비롯하여 석연찮은 일이 많으나, 그의 성공은 기막힌 아이디어와 실천 전략에 의거해 있다. 조진개의 기상천외한 성공담을 매우 객관적인 어조로 나열하고 있는 작가는, 그런 점에서 광고회사의 대표나 상사의 영업부장들을 동원하더라도 어려워 보이는 수준으로, 판매와 구매 사이의 심리적 거리를 재고 있는 전문가이다. 그 능란한 손끝에서 탄생한 조진개가 계속해서 불량한 영화를 누리고 있기는 힘들다. 참으로 교훈적이게도, 조진개의 몰락은 물질적 풍부에 버금가지 못하는 인간성의 결격으로부터 말미암는다.

천박한 욕망의 끝에 불성실한 아내와 더불어 불효한 아들이 되더니, 거리의 여론이 악화일로일 무렵 조진개는 월세 준 다방의 마담 천금순과 충돌한다. 저 지리산 밑에서 상경한 여걸풍의 경상도 여자다. 이 사건이 조진개를 장송葬送하는 서곡이 되는 터인데, 그 배경에는 천금순의 억센 저항만이 아니라 동민들의 마음이 모인 응원이 결부되어 있다. 박사상회는 그 주인과 더불어 패망과 몰락의 길을 걷는다. 이 과정은 세상에 흔한 염량세태의 현현이 아니며, 인간이 지켜야 할 최소한의 도리와 체면이 무엇인가를 호쾌하게 보여 주는 형국이다.

　시종일관 이 사태를 관찰하고 있는 '나'는 사건에 개입하지 않고 방관하는 화자話者로써, 관찰자를 내세우는 작가의 이야기 구성 관행을 닮고 있을 뿐 그 역할에 있어서는 별반 강세가 없다. 이처럼 무색무취한 해설자를 굳이 내세울 필요가 없어 보이는 채로, 그는 소설의 결말에 이르기까지 주어진 소임을 다하기 위해 애쓴다. 그 결말은 사뭇 교훈적이며 여전히 부드럽고 깊이 있는 웃음의 표정을 벗지 않는다. 불로동이나 조진개라는 이름, 땅딸보의 표현을 미화한 면장免長, 몰락한 박사회관의 개칭 박살회관 등 도처에 숨어 있던 일탈의 표현들이, 수

미상관한 해학성의 꿰미에 걸려 있음을 보게 된다.

조진개의 영악한 위선이 세태의 표면에 떠오른 장면을 두고 작가는 "봄이 왔는데도 제비가 불로동에 돌아오질 않았다."라는 문장으로 상징화한다. 일찍이 흉노족을 회유하기 위한 인질이 되어 변방으로 끌려갔던 중국의 미인 왕소군이 "호나라 땅에는 화초가 없으니 봄이 와도 봄 같지 않다胡地無花草 春來不似春."라는 명편의 구절을 남긴 바 있거니와, 이 작가가 생각하는 불로동의 봄은 조진개의 성공 따위와는 당초 거리가 멀다. 인간다운 인간들이 모여 사는 동네, 그곳에만 봄도 제비도 돌아올 것이라는 소망이 이 소설의 문면 아래에 숨어 있는 것이다.

〈빈영출〉의 소설적 이야기는 설화에서 소설까지의 서사 장르 변화를 함께 담고 있는 듯하며, 그 속에 천일야화千一夜話를 닮은 몇 개의 기발한 삽화가 잠복해 있기도 하다. 그러면서도 이병주 소설의 여러 절목을 두루 펼쳐 놓는다. 지리산이 남쪽으로 뻗은 자리의 고향, 독립운동가였던 숙부, 학도병 출신의 관찰자 등이 그러하고 '조금 색다른' 방식이긴 하나 친일문제를 천착하는 것 또한 그러하다.

이 소설은 3인칭 관찰자 시점으로 일관하면서 작가의 다른 여러 소설들에서 이미 우리에게 낯익은 성유정이란 인물을 등장시킨다. 성유정의 성정性情도 다른 곳에서와 매한가지로 사려 깊고 사색적이며 주변의 신뢰를 한 몸에 걸어 들인 그대로이다. 그와 빈영출이란 '특출한 인물'과의 '기묘하다고도 할 수 있는 교의交誼'를 바탕으로 소설은 출발한다. 장가를 들었고 8세나 더 먹은 나이로 성유정과 함께 학교를 다녔으며, 일제 시절 경찰주재소 앞에서 행정대서소를 했고 해방 후에는 민선 면장을 지낸 인물이 빈영출이다.

일인 교장이 교과를 맡아 어린아이의 교실에서 강압적으로 '학교의 질서' 운운하던 때, 풀뿌리 민주주의의 시험기에 면장과 면 의회의 줄다리기가 가능하던 때가 소설의 배경이니, 이 박람강기하고 이야기의 재미에 익숙한 작가가 허술하게 넘어갈 리 없다. 더욱이 빈영출의 색다른 방식의 친일이 주재소의 일본인 순사부장 마누라를 차례로 관계하는 것이고 보면, 그 기상천외한 엽색 행각이 소설을 관통하는 하나의 줄기가 되고 있다. 미상불 빈영출은, 면장이 되고서도 못 고친 그 버릇과 면재산 축낸 것으로 불신임 결의를 당하고 파산한다.

그러나 그런대로 식사는 시작되었는데 빈 면장이 숟갈을 밥그릇에 꽂아 넣은 다음 순간, 날계란의 노른자가 밥 표면에 떠올랐다.

아차 싶었다.

면 의원들은 각기 자기 숟갈로 밥을 뒤집었다. 날계란이 담긴 밥그릇은 면장 밥그릇뿐이었다.

"기분 나빠 이런 점심 못 먹겠다."며 김한태 의원이 숟가락을 집어던지고 휑 나가 버렸다. 그러자 한 사람 두 사람 숟갈을 놓고 나갔다. 의장도 나갔다. 남은 사람은 빈영출과 이상태 의원과 성유정 셋이었다.

〈빈영출〉, 본문 80~81쪽.)

성유정이 빈영출의 요청으로 고향으로 돌아와 천신만고 끝에 양해를 구하고 사화私和의 의식으로 점심을 함께 먹는 시간이었다. "장마당에 가게 차려 놓은 여자치고 그놈과 붙지 않은 년은 한 년도 없을 끼요."라는 비난이 무색하게 날계란 사단이 벌어졌다. 계란 하나로 사태의 반전을 불러오는 기막힌 장면이 바로 이 인용문이다. 점심이 파장이 된 것이 공교롭게도 원래 면 의회가 소집되어 있던 오후 1시였다. 그로써 소식이 두절된 빈영출이 유명幽明을 달리한 부고訃告의 주인공이 되어, '고색이 창연한 형식에 고향의 먼지 내음 같은 것'을 대동하고 성유정의 면전에 나타난 터이다.

이 소설은 전지적 작가의 시선이 닿아 있는 성유정의 생각과 작가 관찰자의 주목을 받고 있는 빈영출의 행동을 교차하면서 진행된다. 빈영출의 죄목은 어떤 도덕률에 비추어도 용서받기 어려운 정황에 있지만 일제 때에는 그 대상이 일인녀日人女라는 사실로, 해방 후에는 일제 때의 면민 보호라는 후광으로 용서를 받아 왔다. 그런데 그 한계점에 성유정이 등장하고 화해와 불신임의 기로가 아주 사소한, 이를테면 날계란 하나로 전복되는 극적인 이야기 구성을 유발하는 것이다.

죄와 우의의 경계를 과거 천렵 시절의 '빈 총무'란 말 한마디로 뛰어넘는 방식, '지구에 손님으로 와 산다.'는 희성稀性 빈씨 성에 대한 해석 등은 모두 이 작가의 소설적 기질과 배포를 짐작하게 하는 부분이다. 빈영출과 성유정의 이 어둡지만 쾌활하고 아픈 가운데 웃음이 번지는 이야기는 앞서 조진개와 천금순의 이야기와 마찬가지로 한국 현대문학에 보기 드문 골계와 해학의 소설 미학을 구현했다.

그런데 단편으로 끝난 이들의 다음 이야기가 편을 달리하여 계속되거나 장편으로 확대되었더라면 또 다른 진진한 이야기의 전개를 만날 수 있었을 것이라는 미련이 남는다. 이병주의 다른 소설들에서 어렵지 않게 목도할 수 있었던, 그 장강대하 같은 이야기들과 어깨를 겯고 말이다. 이 작가의 그 가능성이 보다 일찍 사라진 아쉬움은 곧 한국 소설 일반에 걸치는 아쉬움이기도 하다.

1921	3월 16일 경남 하동군 북천면에서 아버지 이세식과 어머니 김수조 사이에서 태어남.
1933	양보공립보통학교 13회 졸업.
1940	진주공립농업학교 27회 졸업.
1943	일본 메이지대학 전문부 문예과 졸업.
1944	와세다대학 불문과에 재학 중 학병으로 동원되어 중국 쑤저우蘇州에서 지냄.
1948	진주농과대학과 해인대학(현 경남대학)에서 영어, 불어, 철학을 강의.
1954	문단에 등단하기 전《부산일보》에 소설《내일 없는 그날》연재.
1955	《국제신보》에 입사, 편집국장 및 주필로 언론계에서 활동.
1961	5·16 때 필화사건으로 혁명재판소에서 10년 선고를 받고 복역 중 2년 7개월 후에 출감. 외국어대학, 이화여자대학 강사를 역임.
1965	중편 〈소설·알렉산드리아〉를《세대》에 발표함으로써 문단에 등단.
1966	〈매화나무의 인과〉를《신동아》에 발표.

1968 〈마술사〉를《현대문학》에 발표.《관부연락선》을《월간중앙》에 연재(1968. 4.~1970. 3.) 작품집《마술사》(아폴로사) 간행.

1969 〈쥘부채〉를《세대》에, 〈배신의 강〉을《부산일보》에 발표.

1970 《망향》을《새농민》에 연재, 장편《여인의 백야》(문음사) 간행.

1971 〈패자의 관〉(《정경연구》) 등 중단편을 발표하는 한편,《화원의 사상》을《국제신보》,《언제나 은하를》을《주간여성》에 연재.

1972 단편 〈변명〉을《문학사상》에, 중편 〈예낭풍물지〉를《세대》에, 〈목격자〉를《신동아》에 발표. 장편《지리산》을《세대》에 연재. 장편《관부연락선》(신구문화사) 간행. 영문판 〈예낭풍물지〉, 장편《망각의 화원》간행.

1973 수필집《백지의 유혹》(강남출판사) 간행.

1974 중편 〈겨울밤〉을《문학사상》에, 〈낙엽〉을《한국문학》에 발표. 작품집《예낭풍물지》영문판(세대사) 간행.

1976 중편 〈여사록〉을《현대문학》에, 단편 〈철학적 살인〉과 중편 〈망명의 늪〉을《한국문학》에 발표, 창작집《철학적 살인》(한국문학),《망명의 늪》(서음출판사) 간행.

1977 중편 〈낙엽〉과 〈망명의 늪〉으로 한국문학작가상과 한국창작문학상 수상, 창작집《삐에로와 국화》(일신서적공사), 수필집《성―그 빛과 그늘》(서울물결사),《바람과 구름과 비》(동아일보사) 간행.

1978	중편 〈계절은 그때 끝났다〉, 단편 〈추풍사〉를 《한국문학》에 발표. 《바람과 구름과 비》를 《조선일보》에 연재, 창작집 《낙엽》(태창문화사) 간행, 장편 《망향》(경미문화사), 《허상과 장미》(범우사), 《조선일보》에 연재되었던 《미와 진실의 그림자》(대광출판사), 《바람과 구름과 비》(물결출판사) 간행. 수필집 《사랑받는 이브의 초상》(문학예술사), 《허상과 장미》(범우사), 칼럼 《1979년》(세운문화사) 간행.
1979	장편 《황백의 문》을 《신동아》에 연재, 장편 《여인의 백야》(문음사), 《배신의 강》(범우사), 《허망과 진실》(기린원) 간행, 수필집 《사랑을 위한 독백》(회현사), 《바람소리, 발소리, 목소리》(한진출판사) 간행.
1980	중편 〈세우지 않은 비명〉, 단편 〈8월의 사상〉을 《한국문학》에 발표. 작품집 《서울의 천국》(태창문화사), 소설 《코스모스 시첩》(어문각), 《행복어 사전》(문학사상사) 간행.
1981	단편 〈피려다 만 꽃〉을 《소설문학》에, 중편 〈거년의 곡〉을 《월간조선》에, 중편 〈허망의 정열〉을 《한국문학》에 발표. 장편 《풍설》(문음사), 《서울 버마재비》(집현전), 《당신의 성좌》(주우) 간행.
1982	단편 〈빈영출〉을 《현대문학》에 발표. 《그해 5월》을 《신동아》에 연재. 작품집 《허망의 정열》(문예출판사), 장편 《무지개 연구》(두레출판사), 《미완의 극》(소설문학사), 《공산주의의 허상과 실상》(신기원사), 수필집 《나 모두 용서하리라》

(대덕인쇄사), 《용서합시다》(집현전), 소설 《역성의 풍·화산의 월》(신기원사), 《행복어 사전》(문학사상사), 《현대를 살기위한 사색》(정음사), 《강변 이야기》(국문) 간행.

1983   중편 〈그 테러리스트를 위한 만사〉를 《한국문학》에, 〈소설 이용구〉와 〈우아한 집념〉을 《문학사상》에, 〈박사상회〉를 《현대문학》에 발표, 작품집 《그 테러리스트를 위한 만사》(홍성사), 고백록 《자아와 세계의 만남》(기린원), 《황백의 문》(동아일보사) 간행.

1984   장편 《비창》을 문예출판사에서 간행, 한국 펜문학상 수상, 장편 《그해 5월》(기린원), 《황혼》(기린원), 《여로의 끝》(창작예사) 간행. 《주간조선》에 연재되었던 역사기행 《길 따라 발 따라》(행림출판사), 번역집 《불모지대》(신원문화사) 간행.

1985   장편 《니르바나의 꽃》을 《문학사상》에 연재. 장편 《강물이 내 가슴을 쳐도》와 《꽃의 이름을 물었더니》, 《무지개 사냥》(심지출판사), 《샘》(청한), 수필집 《생각을 가다듬고》(정암), 《지리산》(기린원), 《지오콘다의 미소》(신기원사), 《청사에 얽힌 홍사》(원음사), 《악녀를 위하여》(창작예술사), 《산하》(동아일보사), 《무지개 사냥》(문지사) 간행.

1986   〈그들의 향연〉과 〈산무덤〉을 《한국문학》에, 〈어느 익일〉을 《동서문학》에 발표, 《사상의 빛과 그늘》(신기원사) 간행.

1987   장편 《소설 일본제국》(문학생활사), 《운명의 덫》(문예출판

사),《니르바나의 꽃》(행림출판사),《남과 여— 에로스 문화
사》(원음사),《남로당》(청계),《소설 장자》(문학사상사),《박
사상회》(이조출판사),《허와 실의 인간학》(중앙문화사) 간행.

1988   《유성의 부》(서당) 간행, 대하소설《그해 5월》을《신동아》
에, 역사소설《허균》을《사담》에,《그를 버린 여인》을《매
일경제신문》에, 문화적 자서전《잃어버린 시간을 위한 메
모》를《문학정신》에 연재,《행복한 이브의 초상》(원음사),
《산을 생각한다》(서당),《황금의 탑》(기린원) 간행.

1989   《민족과 문학》에《별이 차가운 밤이면》연재. 장편《소설
허균》,《포은 정몽주》,《유성의 부》(서당), 장편《내일 없는
그날》(문이당) 간행.

1990   장편《그를 버린 여인》(서당) 간행,《꽃이 된 여인의 그늘
에서》(서당),《그대를 위한 종소리》(서당) 간행.

1991   인물평전《대통령들의 초상》(서당),《달빛 서울》(민족과 문
학사) 간행,《삼국지》(금호서관) 간행.

1992   《세우지 않은 비명》(서당) 간행. 4월 3일 오후 4시 지병으
로 타계. 향년 72세.

1993   《소설 정도전》(큰산),《타인의 숲》(지성과 사상) 간행.

김윤식

서울대학교 국어국문학과와 동 대학원을 졸업했고 1962년《현대문학》
에〈문학사방법론 서설〉이 추천되어 문단에 발을 들여놓았다. 한국 근
대문학에서 근대성의 의미를 실증주의 연구 방법으로 밝히는 데 주력
했으며 특히 1920~1930년대의 근대문학과 프롤레타리아문학이 가지
는 근대성의 의미를 밝히고자 했다. 1973년 김현과 함께 펴낸《한국문
학사》에서는 기존의 문학사와는 달리 근대문학의 기점을 영·정조 시
대까지 소급해 상정함으로써 뜨거운 논쟁을 불러일으키기도 했다. 현
대문학신인상, 한국문학작가상, 대한민국문학상, 김환태평론문학상,
팔봉비평문학상, 요산문학상 등을 수상했으며 저서로《문학사방법론
서설》,《한국문학사 논고》,《한국 근대문예비평사 연구》,《황홀경의 사
상》,《우리 소설을 위한 변명》,《한국 현대문학비평사론》등이 있다.

김종회

경희대학교 국어국문학과와 동 대학원을 졸업했고 1988년《문학사상》
을 통해 평단에 나왔다. 김환태평론문학상, 한국문학평론가협회상, 시
와시학상, 경희문학상을 수상했으며 2008년에는 평론집《문학과 예술
혼》,《디아스포라를 넘어서》로 유심작품상, 편운문학상, 김달진문학상
을 수상했다. 특히《디아스포라를 넘어서》는 남북한 문학 및 해외동포
문학의 의미와 범주, 종교와 문학의 경계, 한국 근대문학의 경계 개념을
함께 분석한 평론집으로 평가받고 있다. 저서로《한국소설의 낙원의식
연구》,《위기의 시대와 문학》,《문학과 전환기의 시대정신》,《문학의 숲
과 나무》,《문화 통합의 시대와 문학》등이 있으며 엮은 책으로《북한
문학의 이해》,《한민족 문화권의 문학》,《한국 현대문학 100년 대표 소
설 100선 연구》,《문학과 사회》등이 있다.